Robes de soi

Au fil d'une guerre, recoudre une vie

© Photo de couverture : *The Front Line* de James KERWIN.

ISBN : 979-10-91301-18-3

Imprimé en Europe
www.auteursdumonde.fr
auteursdumonde@free.fr

Hoda AOUAD-SHARKEY

Robes de soi

Au fil d'une guerre, recoudre une vie

AUTEURS
DU MONDE

« Si tu veux m'écouter, je te donne un conseil :
Pour l'amour de Dieu,
ne te revêts pas de la robe d'hypocrisie. [...] »

Omar KHAYYÂM

À tous les miens.

Chapitre 1

MA VALISE

J'ai eu la chance d'atterrir, il y a longtemps déjà, dans une contrée paisible. Telle une naufragée qui retrouve la civilisation, j'y ai redécouvert des plaisirs oubliés. Celui d'appuyer sur un interrupteur et d'inonder la pièce de lumière, de tourner un robinet et de constater avec plaisir que l'eau en coule ou de marcher dans la rue sans tendre l'oreille pour guetter d'éventuels bombardements. Je me suis servie de ces plaisirs, finalement pas si anodins, pour réapprendre à vivre. Mon quotidien, je le désirais simple, dénué des tensions de l'ambition et aussi prévisible que possible. J'ai habité avec reconnaissance les plages de silence et de solitude ainsi que la douceur d'un bonheur que je n'espérais plus. J'ai laissé les jours s'écouler, satisfaite, vaguement inquiète, entourant les miens de mon affection, et leur communiquant, à mon insu, une sourde angoisse.

Jusqu'au jour où l'électricité qui fonctionne, l'eau qui coule du robinet, les paysages tranquilles, la vie de famille, deviennent un dû banal. Ils ne suscitent plus en moi le moindre émerveillement. Le calme se fait menaçant et le silence porteur d'absences. Un malaise sournois s'infiltre dans ma réalité, en aspire les couleurs. J'en arrive à me demander les raisons de ma présence dans cette Oise brumeuse, si loin de ce qu'aurait pu être ma vie. Si loin de ce qu'a été mon existence avant ce jour où j'ai jeté pêle-mêle mes affaires dans ma valise et je suis partie.

Il me manque quelque chose, il me manque quelqu'un. Qu'ai-je donc perdu en cours de route qui fait que je ne me reconnais plus ?

À la recherche de ma part manquante, j'erre çà et là. Je reviens toujours à ma valise. Celle que je n'ai jamais eu la force d'ouvrir. Celle où sont enfermés mes habits d'avant. Celle que je déplace de lieu en lieu sans oser m'en débarrasser, mais sans essayer de me l'approprier non plus.

Aujourd'hui, je prends mon courage à deux mains pour en explorer le contenu, déplier pièce par pièce mes affaires chargées d'histoire…

Chapitre 2

LES COSTUMES DU THÉÂTRE

Le petit attroupement se forme furtivement dans la rue, tout près de l'immeuble. Les hommes encravatés, les femmes en noir et le cercueil qui tangue au bout des bras nerveux. Les combats font rage aux alentours et risquent de s'étendre à tout moment. Cette menace omniprésente abrège les adieux.

C'est notre voisin qu'on emporte ainsi, à la sauvette. Il a commis l'imprudence de sortir son chien en ce début de guerre civile, il l'a payé de sa vie. Le doux soleil d'avril ne brille plus pour lui. Du haut de mon balcon et de mes dix-sept ans à peine éclos, j'assiste à ses modestes et périlleuses funérailles, entre sanglots et chuchotements sur fond de déflagrations. Le convoi une fois démarré, un gamin en short se met à courir derrière, un bouquet oublié dans les bras. Image de mon enfance s'éloignant sans retour.

C'est l'enterrement de la première victime d'une guerre à laquelle je ne comprends pas grand-chose. On raconte… on raconte tout et son contraire. On raconte surtout qu'au cours de l'inauguration d'une église par le chef d'un parti politique, des hommes à bord d'une voiture non identifiée tirent sur la foule, tuent quatre personnes et provoquent colère et désir de vengeance. Un bus, chargé de coupables présumés, rôde par là juste après la fusillade. Mal lui en prend ! La montée de la rage se focalise sur lui, il est assailli par les proches des victimes et ses passagers sont exécutés sans autre forme de procès. Une trentaine de morts et l'avènement triomphant d'une violence guerrière dévastatrice. Tirs de roquettes entre quartiers, enlèvements, attentats, et ce pays où il faisait si bon vivre, ce petit paradis terrestre se transforme, du jour au lendemain, en antichambre de l'enfer. Nous sommes au Liban en avril 1975 et c'est Beyrouth.

Ne me demandez pas quand les protagonistes de ce conflit se sont procuré cette quantité effarante d'armes, ni comment c'est arrivé, ni pourquoi l'État a laissé faire. Tel n'est pas le but de ce récit : je ne suis ni une historienne ni une politicienne. Je fais plutôt partie de ces personnes qui ont été emportées par le flot de l'Histoire le jour où la digue, brusquement, s'est rompue. Celles qui ont lutté pour garder la tête hors de l'eau, pour survivre et tenter de comprendre les raisons de cette rupture. Pour ce faire, j'écoute les arguments des adultes autour de moi. Certains, dont mon père, dénoncent la responsabilité des Palestiniens, armés jusqu'aux dents, se comportant en seigneurs et maîtres dans leur pays d'accueil et déstabilisant ainsi son fragile équilibre communautaire. D'autres, dont mon futur beau-frère, clament que la cause palestinienne est l'une des injustices majeures du vingtième siècle à corriger coûte que coûte, quitte à mettre la région à feu et à sang.

Qui a raison ? Mon père, homme intègre et résolument de droite, officier dans l'armée libanaise, qui a connu le mandat français et a vu se dessiner le Liban, mosaïque improbable et tant espérée ? Ou Tanios, le grand amour de ma sœur aînée May, étudiant en lettres, progressiste de la gauche libanaise, donc engagé auprès des Palestiniens, et beau comme un dieu ? Puis-je opter pour la cause de l'un sans trahir celle de l'autre ? Choix d'autant plus difficile à poser que Beyrouth est divisée en deux. Côté Ouest, les pro-Palestiniens et ceux qui les soutiennent : une partie des musulmans et les gens de gauche, chrétiens parfois, comme mon futur beau-frère.

Côté Est, les anti-Palestiniens majoritairement chrétiens.

Nous avons scindé notre capitale entre Est et Ouest, abandonné le Sud aux querelles palestino-israéliennes... perdu le Nord. Une croix disloquée entre les quatre points cardinaux... Mon pays.

Il y a de quoi être déboussolée, et je le suis. Certains de mes amis aussi. Au son des chansons de Moustaki, nous avions rêvé, tout au long de notre adolescence, d'une « liberté que l'on cherche comme une perle rare », « d'un jardin qu'on appelait la Terre » et de « ce bel été qui ne craint pas l'automne, en Méditerranée ». Nous pensions que, bercés par ces airs-là, nous prendrions « le temps de vivre », que ces mélodies nous donnaient un aperçu de ce que l'avenir nous réservait. Nous faut-il renoncer si tôt à nos désirs de douceur et de fraternité, pour prendre parti et guerroyer ? Est-il déjà « trop tard » ?

Le malheureux passager du corbillard est dispensé, à tout jamais, de prendre position. Mais moi, à dix-sept ans à peine, je me dois d'essayer péniblement de comprendre et de trouver la vérité sur ces évènements qui bouleversent le cours de ma vie.

Comme le tournesol qui vire naturellement vers le soleil, je penche spontanément du côté des plus démunis, mue par une tendance incurable à la compassion. La cause des Palestiniens, que défend Tanios, me semble donc appartenir aux justes causes. Tel n'est pas l'avis de mon père : « *Les Palestiniens n'ont pas à être armés au Liban !* » tonne-t-il. « *Ils se sont réfugiés chez nous après avoir été chassés de leur terre : nous les avons accueillis ! Nous déclarer la guerre est une façon étrange de nous remercier !* »

« *Nous serons jugés sur la question : "Qu'as-tu fait à ton frère ?"* » affirme tranquillement Père G., le prêtre français qui nous fait la catéchèse à l'école. Cet argument me plaît, me semble juste. Il n'apporte, pour autant, qu'un éclairage partiel à la confusion dans laquelle je suis plongée. Se peut-il que chacun détienne une part de vérité ? Plutôt que dans la guerre, la résolution des problèmes se trouverait-elle dans un effort qui chercherait un arrangement conciliant des réalités opposées ? Ce qui est évident, c'est que les différents protagonistes ne semblent pas, pour le moment, en quête d'une solution pacifique : tout le monde est armé jusqu'aux dents et décidé à en découdre.

Ma difficulté à cerner le conflit creuse en moi une angoisse latente ; celle de ne pas comprendre, de ne pouvoir ni maîtriser ni prévoir l'avenir, de ne pouvoir pas même parcourir les quelques mètres qui me séparent de mes amis sans risquer d'être happée par la mort. De toute façon, mes sœurs, mon frère et moi avons l'interdiction de sortir en cette semaine du mois d'avril : il nous faut attendre la fin des « évènements ». Papa dit, pour nous rassurer ou se tranquilliser lui-même, que cela ne saurait tarder, mais ses proches affirment le contraire, dessinant des scénarios plus affolants les uns que les autres.

Le premier « round », révélateur de clivages profonds et de violences insoupçonnées, dure une dizaine de jours. Il est suivi d'une accalmie qui permet à ma sœur aînée, May, d'épouser son Tanios malgré les mises en garde de mon père. « *Je vous avertis,* leur dit-il, *si la guerre reprend, nous allons nous retrouver, vous et nous, des deux côtés de la ligne de front.* » Mais l'amour n'est pas qu'aveugle, il est sourd également. Les tourtereaux décrètent leur attachement plus fort que tous les conflits. Ils se marient, et je découvre, éblouie, l'audace de la passion et l'effervescence euphorisante des bulles de champagne.

Et les combats reprennent, nous séparant de May et de Tanios qui s'installent à Beyrouth-Ouest. À cette première accalmie du mois d'août 1975 succèdent de nouveaux affrontements qui se propagent d'une façon aussi mystérieuse qu'imprévisible. Il faut commencer à s'organiser, à oser sortir et à essayer de choisir son camp.

J'ai dix-sept ans. J'aurais préféré, je l'avoue, une meilleure entrée dans le monde qu'une guerre civile… Un bal ! Comme ceux qui étaient donnés jadis pour marquer l'introduction dans la vie adulte des jeunes filles. C'est en dansant, en faisant virevolter autour de moi les plis souples d'une robe couleur de paix, que j'aurais voulu faire mes premiers pas dans ce monde.

Mais en guise de bal, c'est la valse-hésitation : j'évalue les différents groupes politiques pour discerner celui auquel je pourrais appartenir. Je m'inscris pour un camp d'entraînement militaire avec des filles des « Phalanges », le mouvement « Kataëb » de Pierre Gemayel. L'apprentissage se passe dans la montagne libanaise. La formation est essentiellement physique et pratique : beaucoup d'exercices, de marches, de démontages d'armes automatiques. Nous nous entraînons au tir sur des cartons de forme humaine, avec des ronds rouges sur le thorax, placés à l'autre bout d'une petite vallée. C'est avec surprise que je me découvre être la meilleure dans cette activité-là. Malgré la secousse que provoque l'engin dans mon épaule, je vise juste, une fois, deux fois, trois fois. Paf ! En plein cœur ! C'est jouissif de tirer, d'atteindre le but. Couchée à plat ventre sur le sol pierreux, le fusil contre la joue, je me prépare à ce plaisir avec insouciance. Le contact de mon corps avec la terre me donne l'impression de me fondre dans la nature, de lui appartenir et le soleil qui me chauffe le dos me procure un délicieux sentiment de bien-être. Je fixe la cible en anticipant la satisfaction que je vais avoir de faire mouche, une fois de plus.

Soudain, s'impose à moi cette étrange question : « Et si c'était un homme ? Est-ce que je viserais aussi juste si c'était un être en chair et en os que j'avais en face de moi ? »

« Si c'était un homme, je ne tirerais pas ! »

La réponse me vient, limpide, indiscutable, provenant de très loin, du plus profond de moi-même. Inutile de palabrer, le verdict est sans appel. Je ne tuerai pas. Même si je suis une championne en tir. Quand bien même dussé-je abandonner ce lieu qui me donne une appartenance sociale et politique. C'est non et c'est clair. Je raye le combat militaire dans ma liste de choix.

L'autre possibilité, celle de venir en aide aux Palestiniens dans les camps tout en habitant la région chrétienne, se révèle trop dangereuse. Ceux qui s'y aventurent sont exécutés d'une façon qui stoppe net mon désir de rébellion. Même à l'abri des murs de notre appartement, je prends des risques en soutenant la cause palestinienne parce que je suscite ainsi la colère de mon père. C'est à ces occasions-là que je reçois les seules gifles de ma vie. Je continue quand même à provoquer papa en défendant des points de vue qui le mettent hors de lui. S'il possède la vérité, comme il semble le penser, il ne peut la détenir tout entière puisque, de « l'autre bord », d'autres personnes sont convaincues elles aussi d'être dans le vrai ! En affichant ainsi des avis contraires aux siens, je crois permettre à la vérité de se manifester d'une façon fugace et globale, avant qu'elle ne se perde de nouveau dans les méandres des désaccords familiaux et nationaux.

Je vais par ailleurs tous les jours à la messe, parfois même, sous les bombardements. Le célébrant est un jésuite français installé au Liban. Dans le climat pesant qui m'enserre, ses homélies sont source d'espérance. Je les bois. Les mots arrivent jusqu'à moi traversant l'espace et le temps, se faufilant entre les obus, les voitures piégées, la désolation et la peur, formant une oasis de paix, traçant une alternative : « Pardonne-leur, Père, car ils ne savent pas ce qu'ils font… Aimez-vous les uns les autres… Qu'as-tu à regarder la paille dans l'œil de ton frère, alors que la poutre qui est dans ton œil à toi, tu ne la remarques pas ? Donnez, et vous recevrez : une mesure bien pleine, tassée, secouée, débordante, qui sera versée dans votre tablier... Pardonnez, et vous serez pardonnés... »

Et si c'était vrai ? Au-delà de la division de l'Église, de ses lourdeurs, de ses scléroses, de ses contre-témoignages... si c'est vrai quand même ? Si cet homme juif, qui il y a deux mille ans avait parcouru pieds nus le pays voisin du nôtre ainsi que le Sud du Liban, avait indiqué une véritable issue ? Pour concrétiser ma foi naissante, je m'inscris à des cours de secourisme. Si je refuse d'appartenir à ces groupes dynamiques qui prennent le pouvoir par les armes et qui auront à les utiliser un jour ou l'autre, autant faire partie du clan plus restreint, de ceux qui soignent. D'autant plus que c'est stimulant de se retrouver avec d'autres jeunes pour pratiquer respiration artificielle, massages cardiaques et positions de sécurité dans une ambiance d'humour bon enfant.

Notre quartier général est un ancien théâtre dont nous organisons les couloirs souterrains en locaux de travail. Ces espaces répartis sur trois étages et reliés par un escalier en colimaçon avaient autrefois servi de lieux de passage aux nombreux spectateurs friands de culture et de musique. Époque qui semble à jamais révolue : la scène du drame s'est élargie, elle déborde les plateaux des salles de spectacle, les pellicules des films, elle envahit la ville et le pays tout entier nous embarquant dans un scénario à l'issue incertaine.

Je passe d'interminables soirées à la Croix-Rouge, dans ces couloirs. Enroulée dans mon sac de couchage, à même la moquette poussiéreuse, j'essaie de trouver le sommeil. J'y arrive rarement, car la nuit il n'y a pas de repos pour le guerrier. En effet, les combattants qui ne bataillent pas sur le front se retrouvent, entre autres, dans notre QG commun et réquisitionnent le téléphone pour injurier copieusement les gens de l'autre bord. Leurs discours à forte connotation sexuelle, parfois même carrément orduriers, sont loin d'être soporifiques. C'est à qui se vante d'avoir couché avec la sœur, la fille, la mère, l'épouse… la grand-mère de l'adversaire et d'avoir gardé, comme preuve de son exploit, une petite culotte, un soutien-gorge, un déshabillé vaporeux. Jamais une brosse à dents ! Trop prosaïque ! Avec mon inexpérience en la matière et ma maman abonnée aux romans à l'eau de rose, je suis plutôt choquée par ce genre de discours. Ce n'est pas comme cela que j'imagine l'amour… ni la haine d'ailleurs qui semble passer forcément par le corps de la femme.

Il m'arrive de ne plus supporter ce déballage d'obscénités. Je sors alors de mon sac de couchage, descends au sous-sol et pénètre dans les coulisses silencieuses du grand amphithéâtre. Encombré comme il l'est par des fauteuils fixés à terre, c'est le seul lieu, à part les toilettes, où l'on peut s'isoler, s'extraire de l'animation ambiante. Tout paraît s'y être figé dans l'attente d'un retour à la normale. Des costumes de velours riches en couleurs et lourds de poussière y attendent, immobiles, une représentation aléatoire. Je les caresse du bout des doigts et contemple longuement le théâtre déserté, les sièges vides. Le silence y est épais et pourtant, il me semble y entendre des chants, des rires, des mots. Subtils, justes et poétiques, les mots. Je voudrais les écrire... en être un jour l'auteur, ou le metteur en scène, créer des scénarios pétillants de vie et de sens, en maîtriser le déroulement, et faire advenir la fin que je désire. J'aimerais dessiner une existence différente de celle qui s'impose à moi, la réalité telle que je la souhaite : colorée, lumineuse et drôle. Je m'amuse à imaginer des tableaux où les femmes partent en dansant, enveloppées dans des voiles aériens aux teintes vives, leurs baluchons sur l'épaule. Elles laissent derrière elles des guerriers égarés dans le labyrinthe de la violence. À eux de rivaliser dans la barbarie pour récupérer l'illusion, ô combien enivrante, du pernicieux pouvoir. À nous les secouristes, hommes et femmes de bonne volonté, de voler au secours de leurs victimes, armés des connaissances acquises grâce à une sommaire formation.

Nous avons appris comment porter un blessé et l'étendre sur un brancard : on s'y met à trois, une personne aux épaules, une autre à la taille et une troisième aux pieds. On compte jusqu'à trois, on soulève tous ensemble… puis, tout doucement, on le dépose sur la civière que le quatrième de l'équipe a promptement glissée sous lui. Il nous faut faire très attention en cas d'atteinte de la colonne vertébrale, car au moindre faux mouvement, notre patient risque de se retrouver paralysé à vie. Une fois qu'il est bien positionné sur le brancard, ambulance, sirène, hôpital, soins, et le tour est joué !

Oui, c'est à nous les secouristes, si nous apprenons et maîtrisons bien les conditions de sécurité, qu'incombe la responsabilité de maintenir la mobilité des victimes des bombardements. Notre groupe de sauveteurs en herbe est divisé en plusieurs équipes qui assurent les permanences à tour de rôle. La mienne est composée de quatre spécimens de la jeunesse d'Achrafieh : Édouard, grand, châtain, corpulent : il prépare avec nonchalance une licence en économie et réserve son dynamisme à la gestion de notre troupe. Thérèse, la plus menue de nous tous, s'occupe, en temps de paix, à éduquer les générations futures et en temps de guerre à secourir les blessés. Elle est par ailleurs ma voisine, par tous les temps. Joseph, quant à lui, assume crânement la contradiction d'être sauveteur le jour, derrière les canons la nuit et officiellement étudiant en médecine. Et enfin ma petite personne. En terminale « L », je suis tiraillée entre mes divers projets de formation : de journalisme pour la justesse des mots, d'assistante sociale pour l'utilité humaine, et de chorégraphe ou metteur en scène pour la beauté du geste.

Pour nos permanences nocturnes, Édouard vient nous chercher chez nous Thérèse et moi. Nous gagnons ensemble, à pied, notre QG qui se trouve à l'autre bout de notre quartier. Nous nous aventurons parfois dehors sous les bombardements nous glissant dans des rues complètement désertes. L'électricité est souvent coupée, et la nuit profondément obscure. De temps à autre, un obus passe par-dessus nos têtes en sifflant et va percuter un immeuble éloigné, provoquant une déflagration violente et lumineuse. L'espace d'un instant, nous apercevons le sombre contour d'un édifice qui se découpe sur un ciel brusquement éclairé. Je me sens à la fois sauvagement vivante, mais terriblement fragile et exposée. Chaque pas posé constitue une victoire que vient perturber le risque des pas encore à entreprendre.

Heureusement qu'Édouard s'engage à assurer notre protection avec un débordement d'humour. Il nous amuse en nous disant que si un obus tombait trop près, il nous jetterait sur le sol et se coucherait sur nous. « *Le temps que les éclats traversent mon gros corps, ils parviendront jusqu'à vous complètement ramollis !* » nous taquine-t-il. Je veux le croire. Je veux croire que sa jovialité constitue un bouclier capable de tenir à distance les maux qui peuvent m'atteindre, la violence qui risque de me pulvériser.

Nous arrivons enfin au QG en riant. Du rire tremblant des survivants.

*

J'ai fini de déplier les costumes du théâtre. Je les défroisse du plat de la main, les accroche sur des cintres, les contemple encore une fois. Ils viennent de si loin, et pourtant il me semble les revoir de temps en temps au détour des actualités. Je les dépose dans ma garde-robe et saisis, tout émue, un brassard blanc.

Chapitre 3

UNE CROIX ROUGE SUR UN BRASSARD BLANC

La première qualité du secouriste c'est de savoir attendre : habiter l'instant présent, vacant, tricoter le temps au fil des conversations, des lectures, des jeux. L'ennui nous guette. Le vide inhérent à l'attente étire les minutes à l'infini et creuse une place à l'évènement.

Nous sommes terrés dans le ventre du théâtre, reliés à l'extérieur par le cordon ombilical vital incarné par la radio. Quand les nouvelles régionales s'annoncent mauvaises, que le nombre de morts est élevé, les stations locales diffusent des morceaux de musique classique. Celle-ci devient vite pour nous synonyme de deuil et de catastrophes : au lieu de nous apaiser comme elle le devrait, elle suscite en nos jeunes âmes inquiètes appréhension et dégoût. Par temps plus calme, nous avons droit à des chansons patriotiques. Elles peinent à reconstruire l'unité nationale et se révèlent cocasses dans ce contexte de guerre civile. Nous nous amusons à en souligner les incohérences et à les recomposer avec une ironie mordante. Les stations qui émettent des variétés populaires européennes nous évitent les malaises de la claustrophobie : elles nous permettent de rester en contact avec les nouveautés musicales internationales, les préoccupations de notre âge et un ailleurs porteur d'oxygène.

Grâce à ces radios étrangères, nous entendons commenter les évènements que nous subissons par ceux qui ne les vivent pas. C'est bizarre d'écouter parler du Liban sur ces ondes lointaines et d'être, le temps des nouvelles, à la fois auditeur et objet d'analyse. Ces « barbares » que décrit la BBC, c'est nous ? Nous ne nous reconnaissons pas dans ce miroir que l'on nous tend. Cette image de sauvages déchaînés à laquelle nous nous trouvons associés à travers les actualités ne correspond nullement à notre vécu. Nous avons du mal à comprendre que les civils soient muets quand les armes tonnent, que ce soient ceux qui détiennent le pouvoir, militaire en l'occurrence, qui se font le mieux entendre. Ils confisquent la parole tandis que les autres comptent les heures qui passent et repassent, lentement… si lentement… ponctuées par les déflagrations, immobilisant la vie.

Et voilà qu'enfin, un beau matin, notre longue attente s'achève. Édouard tout excité, raccroche le téléphone et crie dans les escaliers : « *Urgence ! Allez les gars ! Bougez-vous ! Ils ont besoin de nous... dépêchez-vous !* » Son appel provoque dans notre groupe un branle-bas de combat. Pendant que mes amis galopent vers l'ambulance, j'empoigne le brancard tout neuf auquel, dans la précipitation générale, personne n'a songé. Je balance dessus une grosse couverture, puis je pars à l'assaut des marches avec cette charge qui tangue dangereusement au bout de mes bras. En traversant l'étage où le conseil d'administration est réuni, je donne dans ma hâte un coup de civière involontaire à la tête du président de l'assemblée. Quand celui-ci fait volte-face brusquement, son expression aussi hébétée que furieuse est si comique que j'ai beaucoup de mal à retenir un fou rire nerveux. Heureusement, l'urgence de la situation abrège les explications et les excuses.

J'arrive essoufflée dans la rue où les membres de mon équipe m'attendent déjà installés dans l'ambulance. Je jette le brancard à l'arrière du véhicule et y grimpe prestement. Édouard démarre en faisant crisser les pneus et hurler la sirène. Joseph, Thérèse et moi agrippons nos banquettes pour ne pas être projetés les uns sur les autres : pas de ceintures de sécurité. Je m'empresse de leur raconter, en exagérant un peu, les détails de mon altercation avec le président du conseil d'administration. Ce pauvre homme devient, l'espace d'un instant, l'exutoire idéal à notre tension.

L'ambulance quitte notre quartier et se dirige vers le centre-ville. Le silence s'y installe progressivement : nous regardons avec curiosité ce secteur de Beyrouth, voisin du nôtre, qui nous a été interdit du jour au lendemain. Plus personne ne s'y aventure hormis les combattants et certains habitants qui affichent leur résistance en refusant obstinément d'abandonner leur maison. Je ne m'y étais plus risquée depuis le début de la guerre. « Avant », je m'y rendais avec maman pour faire des courses et manger un *knéfé*[1]. Moment privilégié où je pouvais bénéficier sans rivalité de la présence de ma mère et la contempler, presque heureuse, face à son assiette de pâtisseries, ses cigarettes locales et à sa tasse de café turc brûlant. Je l'observais à travers les volutes de fumée âcre qu'elle expirait avec plaisir : à cet instant-là, elle me semblait enfin détendue et provisoirement débarrassée de ses soucis. Cette pause-café dessinait pour nous deux un petit cocon de bonheur.

---

1. Pâtisserie libanaise à base de semoule et de fromage.

Mais pour en arriver à cette halte bénie, nous devions d'abord traverser la foule bigarrée, négocier avec les vendeurs les sandales, les premiers soutiens-gorge, les lunettes que je refusais de mettre. Je m'agrippais bien fort à la main de ma mère. Je ne voulais pas m'égarer dans ce flot de mendiants édentés, de touristes blonds en short, d'hommes d'affaires pressés, de femmes voilées venues des pays voisins pour leurs emplettes, de marchands ambulants vantant à pleine voix leur camelote, de prostituées, de ménagères accompagnées de leur progéniture et de bandes animées de jeunes étudiants. J'avais peur de me perdre et de la perdre dans cette foule d'inconnus, cette Babel joyeuse, insouciante et inconsciente du cataclysme qui se préparait et qui a fini par lui tomber dessus balayant tout sur son passage.

Je dévore des yeux les rues désertes. Elles commencent à être envahies par les mauvaises herbes qui semblent mener leur propre guerre contre l'asphalte et le béton. Les clochers des églises, les croissants des mosquées, tout comme les immeubles s'élèvent entre ciel et terre, désertés, déjà criblés de balles et d'impacts d'obus. Plus de sacré, plus de profane, plus de foule, plus de bruit, plus de vie… Juste des ruines et la désolation pénétrant jusqu'aux tréfonds de l'âme. Le silence est pesant, épais, troublé seulement de temps en temps par le crépitement des armes automatiques. Les bombardements de l'aube se sont tus.

Soudain, Édouard immobilise l'ambulance en faisant grincer les freins. Dans la rue déserte, bordée de bâtisses aux façades béantes, se profile un combattant en treillis militaire, la kalachnikov sur l'épaule. Il nous fait signe de la main. Édouard descend, fait le tour du véhicule et vient nous ouvrir la portière arrière. « *C'est ici* », nous glisse-t-il, l'air tendu. Je m'empare du brancard et me précipite à sa suite, talonnée par Thérèse et Joseph.

Par terre, les bras en croix, une forme inerte. L'homme a la cinquantaine, une tête paisible d'intellectuel rêveur rattrapé par la réalité de la guerre. Visiblement mort. Son visage immobile s'est figé en une dernière expression de surprise. Un de ces résistants qui ne veulent pas quitter leur quartier. Il a poussé l'entêtement jusqu'à sortir son chien pour sa promenade journalière, comme si de rien n'était. En effet, un magnifique berger allemand gît à côté de son maître, sans vie, lui aussi. Sa queue, détachée du reste du corps, a été propulsée, incongrue, un peu plus loin. Encore une histoire de chien avec son maître. La guerre, féroce, s'attaque aux ultimes fidélités.

Nous n'avions pas imaginé les choses ainsi. Jamais, au cours de notre formation nous n'avions sérieusement pensé à la mort. Nous l'avions occultée, gardée à distance, pour pouvoir nous projeter comme sauveteurs, soignants, protecteurs. Son aspect implacable et définitif que nous découvrons dès notre première intervention nous surprend et nous fait hésiter un instant sur la conduite à tenir. Indécis, nous nous concertons du regard, puis instinctivement nous accomplissons les gestes appris : je positionne la civière, Joseph prend l'homme par les épaules, Édouard le saisit bravement par la taille, et Thérèse par les pieds. Comme elle est petite, les garçons sont obligés de se plier en deux pour rester à sa hauteur. Un, deux, trois ! Ils soulèvent le corps, je glisse promptement le brancard en dessous. Ils le déposent tout doucement par-dessus. Nous avons tous les yeux fixés sur le trou béant dans le ventre du mort, d'où s'échappent lentement les intestins.

« *Embarquez le chien aussi !* » commande le combattant. « *Nous n'avons pas de place pour lui* », rétorque fermement Édouard. « *Prends le volant Joseph,* ajoute-t-il, *je vais à l'arrière, avec les filles.* »

Pendant le trajet du retour, Édouard essaie de nous distraire. Ses blagues tombent à plat :

le brancard n'est plus vide. Un homme gît là, au milieu de nous, les tripes à l'air. Nous ne pouvons rien entreprendre pour lui. Ni le soigner, ni lui parler, ni lui tenir la main, ni le faire rire ou sourire. Rien. C'est donc ça la mort ? Ce silence sur lequel même l'humour d'Édouard n'a pas de prise ? Cet échange impossible ? C'est pour produire cet effet que des chercheurs fort bien rémunérés déploient leur intelligence et leur créativité ?

À la morgue, nous découvrons une scène aussi surréaliste que surprenante. Exposé sur une civière et toiletté, probablement par sa famille, un autre défunt semble nous attendre. L'individu est magnifique, parfait, tel un gisant taillé dans la pierre. Vêtu d'un costume, le tarbouche[2] sur la tête et la moustache bien fournie arrondie vers le haut, il donne l'impression d'être arrivé droit du début du siècle et de n'avoir aucun rapport avec notre guerre. Ses mains sont croisées sur son chapelet, son visage serein esquisse un sourire. Majestueux, il semble aussi satisfait de son voyage sur terre que de son terminus. La mort telle qu'il l'incarne ressemble à une fin noble et

---

2. Bonnet rouge cylindrique avec un gland noir en soie porté jadis pour accompagner le *shirwal* ou même les costumes.

naturelle. En ces circonstances troublantes, il nous communique une étrange paix.

Plus tard, la famille de notre premier « client » nous demandera si nous n'avions pas vu sur lui une montre en or. Comment leur expliquer que nous n'avons pas regardé son poignet ? Apparemment, quelqu'un de plus aguerri que nous a pris le soin de le faire. Je me sens désespérément naïve et inadaptée : en décidant d'être secouriste plutôt que combattante, j'ai choisi le camp des agneaux plutôt que celui des loups. À présent, les deux me semblent également insupportables.

Il va sans dire que je n'attends plus les prochaines victimes avec la même impatience. Au contraire, je les appréhende, j'ai envie de les fuir. La mort m'encercle, me prend en otage, nargue mon désir de me rendre utile. Mes élans de vie se heurtent à elle tôt, trop tôt…

Le début du carême s'annonce comme si de rien n'était. Thérèse et moi décidons de jeûner en nous privant de sucre pendant quarante jours. Tant d'évènements nous échappent ! Parvenir à réguler ce que nous mangeons nous donne l'impression d'un espace de liberté et de maîtrise, d'une offrande ultime et désespérée. Nous tenons notre engagement d'autant plus facilement que notre activité de secouristes ne nous ouvre guère l'appétit. Vient enfin le matin de Pâques. Il fait beau. Il fait doux. Pas un nuage à l'horizon, pas une explosion dans l'air printanier, pas une entorse à notre carême, quarante jours durant. Nous décidons de rompre notre jeûne d'une façon royale, c'est-à-dire en nous offrant des croissants aux amandes, le summum de ce que propose Maurice, le meilleur pâtissier du quartier. Nous pourrions nous y rendre à pied, mais Édouard, amusé par notre impatience, nous persuade d'y aller en ambulance, avec lui. Il y embarque notre petite équipe, appuie à fond sur l'accélérateur, actionne la sirène et baisse la vitre pour crier aux passants ébahis : « *Christ est ressuscité ! Rompez le jeûne, achetez vos croissants chez Maurice !* » Nous arrivons à notre pâtisserie préférée, dévalisons son stock de viennoiseries, et regrimpons dans le véhicule pour attaquer à pleines dents ce festin tant attendu. Édouard continue à sillonner les rues d'Achrafieh, sirène hurlante, en annonçant à ceux qui ne le sauraient pas encore la bonne nouvelle de ce matin de Pâques.

Nous sommes ensemble, vivants, heureux. Doux Jésus ! Chaque bouchée de croissant a un goût de résurrection !

Je commets l'erreur de raconter à Papa notre petit défilé pascal. Mal m'en prend. Cela le met en colère : « *Et l'on s'étonne avec ça, que le pays sombre dans la guerre !* » fulmine-t-il. « *Actionner l'alarme pour aller acheter des viennoiseries ! Bravo ! Qu'est-ce qui se passerait si tout le monde faisait comme vous ?* » Je n'ose pas lui faire remarquer que « tout le monde » n'a pas une ambulance et une sirène à portée de main. Je ne sais pas comment lui communiquer notre jubilation commune : ce fougueux bonheur de vivre, cette jouissance de profiter de l'absence de lois pour faire les fous. Je me démarque de mon père tout doucement. Je constate sans joie que mon papa, mon héros, mon refuge, l'homme courageux qui n'a peur de rien ni de personne, est encore plus démuni que moi face à cette guerre. Il se trouve au milieu de sa vie, et celle-ci est inextricablement mêlée à l'histoire de ce bout de terre. Tout ce qui s'y passe l'atteint de plein fouet. Il en souffre, c'est évident, et il n'abandonnera pas le Liban quoi qu'il arrive, c'est évident aussi. Maman le taquine en disant que c'est lui qui soutient le cèdre, symbole du pays, et que si papa s'en allait, le cèdre s'effondrerait.

Moi non plus, je ne veux pas partir. Je veux vivre au Liban, avec tous mes amis autour de moi. Pourtant, je sais tout au fond de moi que mon aventure de secouriste ne va pas durer longtemps, que je vais la quitter avant que mon espérance ne soit atteinte et ma vitalité éteinte.

Je sais que je vais regretter cette expérience peu commune, ces liens entre nous tissés de vie et de mort. Je ne les oublierai pas. Je me promets de les raconter un jour si l'occasion m'est donnée.

En attendant, chaque séparation devient un adieu. Nous sommes bien placés pour constater que la grande faucheuse rôde et ne se fait pas annoncer. Nous nous serrons dans les bras les uns des autres pour exprimer, au-delà des mots, toute la force de notre amitié, conscients que chaque instant peut s'avérer le dernier. Le « Big Bazar » de Michel Fugain fait fureur. Nous répétons à tue-tête « *Chante la vie, chante, comme si tu devais mourir demain !* ». Cette chanson devient notre hymne national. Nous nous amusons du passage : « *Pour oublier qu'il pleut sur tes vacances* ». À chacun ses problèmes : en France, des vacances sous la pluie, et au Liban, une pluie d'obus sur notre jeunesse.

*

Je plie le brassard blanc en pensant aux secouristes qui œuvrent actuellement dans les pays en guerre… si loin de mon existence confortable. Édouard, le chef de notre équipe est devenu bijoutier, je vois des publicités pour ses parures sur les réseaux sociaux. Aujourd'hui, il manipule l'or. Une valeur sûre. L'or qui dure et perdure, qui nous survit et nous ravit. Mon regard songeur tombe sur une paire de pantoufles à plumes roses que je dégage un sourire aux lèvres.

Chapitre 4

PANTOUFLES À PLUMES ROSES

La guerre s'installe et prend ses aises : elle se sent bien au pays du Cèdre. Elle échauffe les esprits, durcit les préjugés, attise les peurs et la paranoïa, élève dans les rues des barrages de sacs de sable, accumule les immondices sur les trottoirs, coupe l'eau et l'électricité, déplace les gens, noue et dénoue les alliances, use les nerfs puis fait semblant de se calmer pour nous laisser croire à une paix possible.

Mais elle revient. Insidieuse et envahissante, elle se glisse dans nos vies, dans la pénombre de nos chambres, dans nos lits pour nous traquer dans notre ultime refuge, le sommeil, dynamiter nos rêves et nous réveiller en sursaut, hagards et désorientés.

Résignée à subir régulièrement des nuits blanches, je prépare avant d'aller me coucher les affaires à emporter à l'abri en cas de bombardement. Mes livres, ma petite radio, une bouteille d'eau, une torche électrique, mon chapelet, et une pièce d'identité au cas où un obus profiterait de mon absence pour souffler l'appartement. Le tout va dans un sac à portée de main. Au moment de me glisser avec délice dans mes draps, je prie Dieu et tous les saints de m'accorder un repos réparateur, une nuit complète. Parfois, alors que je commence à peine à me dissoudre dans les brumes bienfaisantes de la somnolence, des détonations lointaines viennent me rappeler à la réalité. Immobile, j'essaie de me persuader que le pilonnage se limitera aux lignes de front. Quand j'entends les déflagrations se rapprocher, je me répète en spécialiste de la méthode Coué : « Ça n'arrivera pas jusqu'à nous, ça n'arrivera pas jusqu'à nous, ça n'arrivera pas jusqu'à nous... », jusqu'à ce qu'un sifflement aigu fende l'air et qu'une terrible explosion secoue le quartier, notre immeuble, mon lit, mon demi-sommeil et me projette tremblante dans les bras du premier membre de la famille auquel je me heurte dans le couloir.

Aussitôt, la sonnerie de l'entrée retentit, remplacée par des coups violents à la porte en cas de coupure de courant : ce sont nos voisins qui débarquent. Nous constituons leur ultime étape avant l'abri situé au sous-sol, quelques étages plus bas. Ils arrivent en pyjama, pantoufles et robe de chambre. Le souffle court, le regard inquiet, ils viennent solliciter l'avis de Papa pour la suite des opérations : « *Que nous faut-il faire maintenant, mon Capitaine ?* », lui demande madame Zoueïn avec dévotion. J'observe les yeux de mon père derrière ses lunettes à double foyer. Terres lointaines d'un brun passé. Les rides d'expression qui entourent sa bouche se démultiplient parfois, creusent des sillons profonds, labourent ce visage dont la familiarité me sécurise, me sert de repère.

« *Commençons par aller au salon,* commande-t-il, *c'est plus abrité.* » Nous y allons donc, munis de nos couettes et de matelas en mousse prévus à cet effet. Là, si les bombardements lui en laissent la possibilité, papa s'installe dans un fauteuil confortable et prend le temps de bourrer sa pipe de tabac blond, délicieusement odorant. Il fume silencieusement en contemplant les troupes qui attendent ses directives en jacassant.

Madame et monsieur Zoueïn sont presque toujours les premiers à arriver. D'origine syrienne, ils ont fui la Syrie lors de la nationalisation des biens entre 1958 et 1965. Ils sont dotés d'un joli patrimoine qu'ils défendent bec et ongles, refusant de le partager avec l'État syrien à qui ils vouent une haine tenace.

Madame Zoueïn a trois garçons, un accent aleppin très fort, des pantoufles ornées de plumes roses, un humour noir et des sourcils dessinés au crayon. Mon frère et moi lui portons une affection certaine et lui réservons, en raison de ce fait, une place d'honneur dans nos plaisanteries. Nous nous demandons quand elle prend le temps de tracer ses sourcils… Avant de se coucher ? Pas possible ! Le contact avec l'oreiller les aurait effacés. Juste avant de descendre en catastrophe chez nous ? Peut-être, car leur ligne zigzague au hasard, comme si elle avait été dessinée d'une main tremblante.

Pour rire, mon frère Kalim et moi faisons feu de tout bois. Est-ce une défense inconsciente, ou l'esprit d'enfance qui ne veut pas mourir que nous gardons au fond de nous comme un trésor, à l'abri de la guerre ? Nous l'enrichissons au fur et à mesure d'histoires drôles, quoique légèrement cruelles. Madame Zoueïn y tient une place importante due au rôle amusant attribué à ses pantoufles à plumes par une nuit de bombardements : les voisins étant déjà chez nous, l'intensification des pilonnages ne nous laisse pas le temps de descendre aux abris. Un obus percute l'immeuble d'à côté avec une telle violence et un tel déferlement de vitres brisées que nous nous retrouvons tous étendus sur les matelas de mousse dans un enchevêtrement inextricable. Instinctivement, pour protéger mon frère d'éventuels éclats, je le recouvre de la couette que j'ai dans les bras. Nous restons à terre pour une durée indéterminée, sonnés par la force de l'explosion. Nous ne savons pas si la prochaine bombe nous sera destinée et nous sommes conscients que, si c'est le cas, nous n'avons rien d'autre à faire que de l'attendre. Le temps s'arrête, se fige, s'éternise... Nous aussi, on s'immobilise, de peur que le moindre mouvement n'attire sur nous les foudres de ce ciel déchaîné.

Une fois le calme revenu, mon frère rabat la couverture qui l'étouffe et se retrouve nez à nez avec les pantoufles de madame Zoueïn. En se remettant péniblement debout, il me chuchote à l'oreille : « *Quand j'ai ouvert les yeux et que j'ai vu des plumes roses, j'ai cru que je me trouvais déjà au paradis, mort et accueilli par les anges.* » Nous voilà pris d'un fou rire nerveux sous le regard hébété de nos compagnons d'infortune.

Madame Zoueïn pratique elle-même l'autodérision avec raffinement. Quand on parle des gens qu'on n'arrive pas à enterrer à cause des bombardements, elle nous dit : « *Moi, quand je clamecerai, ne vous inquiétez surtout pas pour moi ! Mettez-moi dans la cuvette des toilettes et tirez la chasse d'eau.* » Cette dernière volonté, exprimée à voix haute, et avec l'accent si particulier de notre voisine, ne tombe pas dans l'oreille d'un sourd. Kalim et moi la reprenons avec délice chaque fois que la tension devient trop forte et que nous avons besoin de rire pour l'évacuer.

Les Marah, le couple du cinquième étage, arrivent souvent chez nous en se disputant âprement : elle veut gagner l'abri immédiatement, il préfère marquer une pause en compagnie de mon père avant, afin d'esquisser avec lui un bilan politique et militaire. Leur désaccord bruyamment exprimé vient rajouter de la confusion à ces rassemblements nocturnes. Quand enfin, monsieur Marah, ému par le beau visage de sa femme défiguré par la peur, finit par accepter de se rendre avec elle au sous-sol, tous ceux qu'ils laissent derrière eux poussent un soupir de soulagement.

Quant à monsieur Baroud, notre voisin du dessous, il monte d'un étage pour demander l'avis du capitaine avant de dégringoler vers l'abri en y entraînant son épouse et ses deux petites filles. Monsieur Baroud sait où l'on vend les légumes les moins chers du côté est de Beyrouth. Bien qu'accoutumé à parcourir des kilomètres pour économiser quelques livres libanaises, il se trouve curieusement dans l'incapacité d'indiquer aux autres l'emplacement de ces marchés bénis. Son manque de précision verbal a l'art d'exaspérer mon père. Une nuit, après un bombardement de notre quartier, monsieur Baroud sonne chez nous, et quand nous lui ouvrons la porte, il hurle en écartant les bras : « *L'obus m'est rentré dedans ! L'obus m'est rentré dedans !* » Après un rapide coup d'œil, papa lui dit : « *Arrête tes sottises, Antoine, tu m'as l'air en pleine forme !* » Mais monsieur Baroud continue à crier : « *Il m'est rentré dedans ! Il m'est rentré dedans ! Mais il n'a pas éclaté !* » Nous finissons par comprendre que l'obus a percuté la paroi de sa salle à manger, s'est encastré dans son buffet, mais n'a pas explosé. Les habitants de l'immeuble, vêtus de leurs pyjamas et tenant des chandelles à la main, descendent en procession voir de plus près ce qu'il en est. Le tableau, fait d'ombres et de lumières, est surréaliste : le projectile a percé dans le mur un trou béant sur la nuit noire. La table et les chaises de la salle à manger sont jonchées de gravats. Une poussière blanche flotte dans l'air, les bougies y tracent, çà et là des halos dorés. Le périmètre de sécurité et les lois qui l'imposent sont oubliés dans la précipitation : hommes, femmes et enfants, en robe de chambre et pyjama, regardent les spécialistes du déminage extraire du buffet, avec une infinie prudence, un énorme obus. Ils le sortent avec précaution comme s'ils procédaient à un accouchement. Après l'avoir dégagé, ils l'inspectent avec étonnement et lui donnent un nom barbare fait de chiffres et de lettres : *« Il faudrait remercier la Russie de refiler ses armes périmées à la Syrie !* nous dit l'expert. *S'il avait explosé, il aurait soufflé la moitié du bâtiment. »*

Imm Walid, qui loge dans un petit appartement au sous-sol, près de l'abri, sait que les voisins du sixième étage sont les premiers à y arriver avec leurs quatre enfants en bas âge et une réserve suffisante de biberons et de bonbons pour tenir un vrai siège. Elle prend en charge l'accueil des habitants de l'immeuble comme si l'endroit était un hôtel quatre étoiles dont on lui aurait confié la gérance. Imm Walid a le verbe haut et l'expression colorée des gens que maman qualifie de « simples ». Nous, les Aouad, sommes loin d'être simples. Nous sommes sensibles, émotifs, nerveux. Bref, compliqués. Et ceci prouve indubitablement notre appartenance à une classe supérieure.

Imm Walid fait concurrence à madame Zoueïn pour nous faire rire, mon frère et moi. Mais pour la retrouver et profiter avec délice de sa loquacité, il nous faut descendre aux sous-sols. C'est la proximité et la persistance des bombardements qui poussent mon père à donner l'ordre : « *Tout le monde à l'abri !* ».

Dans un état de fièvre collective, nous sortons alors de l'appartement. Ma sœur Mireille transporte à bout de bras, accrochées sur leurs cintres, ses robes les plus belles et les plus neuves : « *Je n'ai pas encore fini de les payer !* » dit-elle. Maman avale en hâte un *Tranxène* ou un *Valium,* et emporte avec elle une bouteille d'eau de fleur d'oranger : c'est le remède miracle à toutes les défaillances. Et moi, après m'être emparée de mon sac, je traîne afin de passer une brosse dans mes cheveux, de mettre une petite goutte de parfum et un soupçon de rouge à lèvres. Même si je sais que cela fait enrager mes proches, je tiens à prendre mon temps, à m'octroyer ces gestes de féminité, ce superflu qui dans l'absurde, redonne goût à la vie.

Papa glisse son pistolet dans la poche de sa robe de chambre et va avertir sa propre mère que nous descendons aux abris. Il lui met à portée de main de quoi boire et manger. Ma grand-mère, qui vit actuellement avec nous, est condamnée à rester dans son lit : elle se déplace lentement et ne supporte pas d'être bousculée. Nous ne pouvons pas la porter tout au long des quatre étages, car même quand l'électricité n'est pas coupée, nous n'utilisons jamais l'ascenseur pendant un bombardement : trop dangereux ! La seule solution c'est de laisser *Téta*[3] dans l'appartement en gérant tant bien que mal notre sentiment de culpabilité, et en montant de temps en temps, quand les pilonnages s'éternisent, vérifier que tout va bien pour elle.

Une fois dans l'abri, chacun prend ses quartiers, sous l'œil vigilant d'Imm Walid. On délimite son territoire en étendant son sac de couchage et en disposant ses affaires sur un cageot qui devient chevet de fortune. Quand cela nous est possible, Kalim et moi nous nous installons côte à côte pour pouvoir continuer à nous amuser ensemble. Kalim se moque de moi parce qu'à chaque séjour dans ce lieu sordide, j'essaie de rentabiliser le temps en travaillant tant bien que mal mon anglais avec un vieux livre de la méthode Assimil. Le style *"old fashioned"* des phrases en anglais semble si saugrenu dans ce contexte tendu, qu'au lieu de la fluidité souhaitée dans la langue de Shakespeare, c'est plutôt un solide blocage que j'arrive à acquérir.

C'est encore plus difficile de me concentrer sur mes cours d'anglais quand Imm Walid se trouve dans les parages. Elle effectue son entrée avec deux grandes bougies jaunes, les installe de

3. Surnom donné aux grand-mères au Liban.

part et d'autre de son sac de couchage et nous dit d'un ton théâtral que ce sont les cierges qu'elle a utilisés pour veiller son défunt mari. Mon frère et moi échangeons un regard complice : c'est exactement la note morbide qui faisait défaut ! Im Walid rajoute :

« *Heureusement que Walid, mon aîné, a quitté ce pays : heureusement qu'il réside à* Misterdame.

– *C'est où, ça,* Misterdame ? *demande maman poliment.*

– *En Hollande ! répond Imm Walid. Il me manque,* yo' borné[4] ! *Mais je suis ravie de le savoir à l'abri de ce que nous vivons. Je rends grâce à Dieu pour son absence : je ne voudrais pas qu'il prenne les armes ! Il se trouve bien à* Misterdame. *Chaque fois qu'il me téléphone, je lui dis de ne pas revenir !*

– *C'est Amsterdam !* rectifie mon père brièvement, comme en présence d'une classe d'élèves pas très brillants.

– *Oui, Capitaine, c'est* Misterdame ! persiste Imm Walid, confirmant maman dans l'idée qu'elle se fait des gens simples. *Savez-vous, Capitaine, qu'une personne a affirmé avoir vu la statue de la Vierge de Harissa pleurer et secouer la tête de gauche à droite ?* »

4. *Yo' borné :* expression utilisée par les mères libanaises. Dans l'usage commun : qu'il vive plus longtemps que moi et que je n'aie jamais à faire face à sa mort.

Et là, papa perd son flegme de professeur patient et se met à grommeler : « *Elle ferait mieux d'intervenir dans l'enfer dans lequel nous sommes plongés, Notre-Dame de Harissa, au lieu de secouer sa tête à droite et à gauche et de pleurer ! C'est facile à faire ! Pas besoin d'avoir accouché de Dieu pour y arriver !* » En l'entendant, toutes les femmes se signent et demandent pardon à Dieu du blasphème de papa.

« *Tais-toi,* ya[5] *Ibrahim,* implore ma mère. *Tu vas attirer sur nous la colère de Dieu !*

– *N'importe quoi, Sonia ! Elle nous court après la colère de Dieu !* proteste mon père. *C'est quoi, ce fracas en dessus de nos têtes ? De la musique divine, peut-être ?*

– *Ça, c'est la colère des hommes, Capitaine !* affirme Imm Walid entre ses deux cierges funéraires. *Et leur paresse, Capitaine ! Ce n'est pas Dieu le responsable des guerres de religion et des massacres : ce sont les hommes. Ils sont fainéants à en mourir, à en faire crever les autres. Tuer prend moins de temps que de comprendre ou de tenter de construire un compromis. C'est pour ça que je dis à Walid de rester à* Misterdame : *ce pays n'a pas d'avenir !*

---

5. Façon d'interpeller les gens au Liban : *ya* Ibrahim, *ya* Sonia.

– "*Amsterdam !*" corrige machinalement mon père. *Eh bien ! Qu'il y reste à* Misterdame, ajoute-t-il avec humeur. *Que tout le monde parte à* Misterdame ! *On y créera un nouveau Liban, comme les Palestiniens essaient de créer une nouvelle Palestine chez nous. Allez-y tous, à* Misterdame ! »

Ma mère se ratatine et renifle sa bouteille d'eau de fleur d'oranger. Si elle s'est habituée à l'indignation de mon père dans le domaine politique, elle n'arrive pas, par contre, à digérer sa colère contre Dieu. Elle a définitivement renoncé à ramener son époux à la foi de ses ancêtres depuis le jour où, l'ayant traîné avec elle à la messe du dimanche, elle l'avait entendu interrompre l'homélie du prêtre en intervenant à voix haute pour répondre à sa question. Père D., l'accompagnateur spirituel de ma mère commentait l'Évangile selon saint Luc [6, 27 à 36] : « *[...] Aimez vos ennemis, faites du bien à ceux qui vous haïssent [...].* » Il s'adressait à ses fidèles en leur demandant : « *Lequel d'entre nous peut dire aujourd'hui qu'il vit la parole du Christ ? Lequel d'entre vous serait disposé à dire qu'il aime ceux qui incarnent en ce moment nos ennemis : les Palestiniens et leurs alliés, et qu'il leur pardonne ?* » Apparemment, il posait la question à ses ouailles avec beaucoup de force et semblait attendre une réponse que mon père s'est empressé de lui donner. Papa s'est en effet levé et a affirmé haut et fort : « *Leur pardonner, mon Père, c'est déjà difficile, mais les aimer, non. Je ne pourrai jamais le faire ! Jamais !* » Silence stupéfait dans la chapelle, et paralysie complète de ma mère qui ne savait plus où se cacher. Papa n'arrivait pas à comprendre son embarras : « *Il nous a posé une question, c'était la moindre des choses que de lui répondre. Si aller à la messe, c'est renoncer à recevoir des réponses à ses questions et s'abstenir de répondre à celles qui nous sont posées, je ne vois pas à quoi ça sert !* »

Ma mère n'a pas trouvé de réplique pertinente : sa foi est simple, instinctive, chevillée au corps et à l'âme. Mon père, lui, a besoin d'explications, de compréhension et éventuellement de solutions. À partir de cet évènement en tout cas, Sonia n'a plus essayé d'entraîner Ibrahim à l'office du dimanche. Ceci n'empêche pas le Père D. de venir régulièrement chez nous, de continuer à s'adresser à Papa avec respect et de lui garder son estime. Il affirme en riant que Dieu préfère les fidèles franchement fâchés avec lui aux hypocrites qui disent et ne font pas.

Pauvre Dieu, rendu responsable de nos malheurs. Sa table d'écoute doit être saturée pendant les bombardements. Tandis que des traits lumineux sillonnent le ciel de Beyrouth – feux d'artifice extravagants marquant l'absence et l'impossibilité du dialogue –, montent vers lui la colère de mon père, ses questions sans réponses et le chapelet récité par ma mère, supplication éternelle des chrétiens à bout de ressources. Au-delà de cette invocation mécanique, de cette sourde colère, ils crient tous deux vers cette entité qui préside peut-être à leur existence... à celle de leur famille... cette source de leurs jours qui même pendant et après les guerres, reconduit toujours la vie sur terre et fait de Beyrouth, une ville « *mille fois morte et mille fois revécue* ».

Une nuit, alors que nous nous trouvons déjà tous dans l'abri, les pilonnages se concentrent sur notre quartier. Un obus tombe si près et provoque un tel vacarme, que nous sommes convaincus que l'immeuble s'est effondré sur nous et que nous sommes enterrés vivants. C'est une déflagration à la limite de ce que peut endurer un corps humain. Nous sommes tétanisés, en état de choc. Spontanément, pour m'assurer que je suis entière et lancer un appel au secours, je commence un « Notre Père ». J'espère que les autres vont se joindre à moi. Mais ils semblent avoir perdu l'usage de la parole. Moi aussi. Je répète : « *Notre Père, Notre Père,*

Notre Père… », et je suis incapable de retrouver la suite de cette prière récitée cent soixante-dix mille fois : je tremble trop !

Ô Notre Père !

*

Je lisse les plumes roses défraîchies en me disant que les bombardements continuent à me rendre malade, même à distance. J'ai souffert des bombardements d'Afghanistan, d'Alep, de Bagdad tout en me trouvant loin, bien à l'abri en France. Peu m'importe, qui les subit et pourquoi. Personne ne les mérite. Aucune des raisons invoquées pour les guerres, qu'elles s'affichent justes ou injustes, ne les excuse. Noyée dans mes sombres réflexions, je dégage avec plaisir et soulagement ma robe en patchwork.

Chapitre 5

LA ROBE EN PATCHWORK

C'est à Hammana, un beau village niché dans les montagnes du Liban, que je me glisse dans le monde par une nuit d'avril 1958. « *Viens du Liban, ô fiancée, viens du Liban, fais ton entrée. Abaisse tes regards, des cimes de l'Amana [...].* » Je me plais à m'imaginer fruit d'un désir aussi vieux que le *Cantique des Cantiques* et plus puissant que celui inexistant de ma mère pour un nouvel enfant, encore moins pour une quatrième fille. Désir vieux comme le monde, souffle de vie toujours renouvelé... qui me déposent dans une famille qui a largement dépassé son quota féminin et dans un pays en pleine crise, quinze ans à peine après son indépendance.

Oui, à ma naissance déjà, le Liban se débat dans une guerre civile. Elle oppose les partisans d'un Liban à visage arabe, sous la bannière du leader égyptien Abdel Nasser – qui rêve d'une grande nation arabe libre de la mainmise occidentale –, au président libanais Camille Chamoun qui trouve l'Occident plus sécurisant que nos proches voisins. Il rallie le Liban à la « la doctrine Eisenhower[6] » et n'hésite pas à y avoir recours pour mater l'opposition pro-Nasser. La courte guerre civile se termine avec un gouvernement de salut public et le slogan : « Ni vainqueur ni vaincu ». Cette grave crise d'identité de notre pays adolescent n'a malheureusement pas été prise au sérieux.

Mes parents, sensibles aux mauvaises conditions politiques et familiales autour de ma naissance, évitent, dans l'éventail des prénoms possibles, le piège de l'humour noir. Ils ne m'appellent pas « Désirée », ni – comme cela se fait encore à Haïti – « Asséfille », ni aucun des prénoms arabes qui évoquent la paix, l'unité, ou la fraternité. « Hoda », qui signifie « le chemin qui mène vers la lumière de la vérité ». Tel est le prénom que je reçois et dont j'aime le dynamisme : il me met en marche, porte ma quête de cette harmonie goûtée durant mon enfance à Hammana et perdue après pour si longtemps.

---

6. « La doctrine Eisenhower » permet à tout pays du Proche-Orient de faire appel aux forces armées des États-Unis pour se défendre contre une menace ou une attaque communiste.

Car la vie est belle dans ce petit coin de montagne. Les lieux sont magnifiques et la petite communauté de familles d'officiers vit en bonne entente. Ces hommes gradés, chrétiens, musulmans ou druzes, déploient résolument leurs compétences au service d'un pays neuf et encore chancelant. Leurs épouses sont libanaises, françaises, suisses et polonaises. Le teint de leur progéniture varie du très foncé au très clair, en passant par des gamins bruns aux yeux bleus et d'autres blonds aux yeux noirs. Les différences ne sont pas niées ni gommées, elles coexistent, s'incarnent dans de solides amitiés et des échanges de bon voisinage. Pour nous les enfants, la visite de chaque appartement est découverte d'une nouvelle culture, d'une autre façon de vivre, de croyances déroutantes et de goûts surprenants.

Nous sommes bercés jour et nuit par la musique d'une chute d'eau que même la chaleur intense du mois d'août n'arrive pas à tarir. À la porte de notre Eden, un soldat musclé assure, dans son petit abri en bois, le rôle d'ange gardien. Libres à l'intérieur de ce cadre clairement délimité, nous bénéficions d'un mélange d'indépendance et de sécurité favorable aux explorations enfantines.

En été, nous sortons de nos appartements le matin et nous ne rentrons que la nuit venue, sales, fatigués et heureux. Nous nous régalons des pique-niques préparés pour nous, et faisons nos besoins dehors, n'importe où, au gré de nos excursions. Le soir, nous assistons au plongeon flamboyant du soleil entre deux montagnes mauves, avant d'abandonner à regret nos jeux et l'impression jubilatoire d'être retournés, l'espace de quelques heures, à l'état sauvage.

Nous ne pouvons, hélas, fuir le monde civilisé de façon continue, car l'école, cette impitoyable usine à broyer les personnalités, nous tend les bras. May et Mireille font face aux exigences scolaires côte à côte. Moi, je me cache derrière ma sœur Mimi : elle me rassure et je la console. Notre connivence nous soutient tout au long de notre enfance et de notre adolescence. C'est ensemble qu'à l'âge ingrat nous découvrons Claudia Cardinale et Brigitte Bardot, arrogantes et provocantes, dans le film *Les Pétroleuses*. Nous mesurons avec consternation l'écart entre leur séduction triomphante de femmes adulées et notre féminité embryonnaire qui peine à éclore. À l'intérieur même de notre fratrie, nos aînées deviennent « pétroleuses » à souhait en grandissant : une petite cour se crée spontanément autour d'elles partout où elles se trouvent.

C'est à cette époque-là que leur complicité se mue sournoisement en concurrence. Qui aura le plus de garçons à ses pieds ? Qui allumera dans le regard de papa cette flamme de fierté étonnée ? Mon père se laisse embarquer dans cette opération de séduction sans méfiance aucune : invité à bord d'un porte-avions français pour un cocktail, il s'y rend avec maman et mes deux sœurs au summum de leur splendeur. Un commandant français lui demande, avec une pointe d'envie, s'il est accompagné de son « harem ». Papa part d'un grand éclat de rire et lui répond : « *Non, monsieur, les chrétiens libanais ne possèdent pas de harem* », et qu'aucun de ses amis musulmans n'en entretenait un non plus !

Loin de calmer la rivalité de mes frangines, ce drôle de malentendu ne fait que l'attiser. Mireille est belle et cherche à l'être encore plus en se mettant en valeur avec une créativité audacieuse. Cela rend les balades avec elle embarrassantes : je ne comprends pas pourquoi les hommes se retournent à son passage. Est-elle affligée d'un handicap quelconque ma pauvre sœur ? Avec le temps, je réalise que Mireille utilise sa séduction comme un bouclier, un pouvoir, une arme de défense et d'attaque. Elle souffre pourtant d'être réduite à son apparence. Quand elle participe en tant que championne nationale de basketball à des compétitions interscolaires, elle redevient spontanément une jeune fille simple, heureuse de vivre et de faire gagner son équipe.

Le charme de May réside davantage dans sa vitalité, sa curiosité intellectuelle, sa soif de culture. Elle est intelligente, cocasse, déroutante, critique, liante, ouverte, nerveuse. Elle dessine, peint, lit, dévale des pentes raides sur ses patins à roulettes. Elle est belle aussi, on le constate avec étonnement après avoir été emporté dans son tourbillon.

La rivalité naissante entre mes deux grandes sœurs les pousse à se mesurer sur le court de tennis. De leurs raquettes, elles frappent à qui mieux mieux les balles que je ramasse afin de me rapprocher d'elles et de me rendre utile. Ce faisant, j'observe, perplexe, la rage qui les anime : de quoi souffrent-elles ? Sont-elles des sœurs amies ou ennemies ? Si la « réponse est dans le vent », comme l'affirme Richard Anthony dans une chanson qu'elles passent à longueur de journée sur leur tourne-disque, le vent, lui, n'a jamais pris la peine de me l'apporter.

C'est dans ce contexte qu'arrive Kalim, notre jeune frère. Janvier 1963. L'hiver réduit sensiblement nos temps de jeux dehors. À travers la vitre, je garde un contact apaisant avec la nature : je contemple les flocons blancs danser, se poser doucement sur le sol sans troubler la composition du rideau mouvant qu'ils forment. Dans le silence ouaté de la neige en montagne, j'entends la voix de Michel, le soldat qui assure l'ordonnance chez nous, m'annoncer que j'ai un petit frère. A priori, une bonne nouvelle. Le déferlement des gens de Toula, le village de mon père, qui envahit aussitôt notre maison malgré l'état des routes me le confirme. Ils sont heureux, exubérants, contents pour papa qui se trouve enfin pourvu d'un héritier mâle. Pendant que ma mère s'approprie ce fils tant attendu, nous passons avec nos voisins, la famille et les amis une soirée de rires et de chants arrosée par l'alcool. Ceux qui en ont trop bu s'endorment sans façon dans les fauteuils du salon pour la nuit. Le rideau de neige s'est ouvert sur une scène joyeuse et primitive, une célébration lumineuse et surprenante de la vie et de la phallocratie. Je suis gagnée par l'euphorie ambiante et par une jalousie inavouable. J'estime que l'on en fait un peu trop pour ce minuscule bonhomme qui mange ma maman et se trouve pourvu de ce qui nous manque à nous quatre. Pour ma naissance à moi, on avait sonné le glas à Toula, façon incongrue d'annoncer que ma mère avait failli une fois de plus à sa tâche.

Cette comparaison douloureuse est loin de m'indiquer que vient de naître dans mon histoire, un compagnon de jeu, un soutien, un allié, un admirateur indéfectible et taquin… un vrai frère.

La vie est toujours belle à Hammana malgré l'arrivée du petit intrus. Mes sœurs m'emmènent au cinéma où j'assiste, éblouie, à mon premier film : *La Mélodie du bonheur.* Je chante avec elles : *« Sol do la fa mi do ré »*, et je compatis avec la tribu Von Trapp dont le destin est complètement bouleversé par la Seconde Guerre mondiale. Heureusement que nous sommes au Liban, tranquilles, loin de ces Européens barbares. Je suis trop jeune pour réaliser que nous dansons, nous aussi, au bord d'un volcan, trop occupée par le perpétuel enchantement de mes découvertes de petite fille.

Oui, l'enfant que je suis se plaît dans notre modeste communauté pour familles d'officiers. Notre lieu de vie comprend, outre deux immeubles composés chacun de six appartements, un court de tennis, une route qui serpente au milieu des vergers, franchit un charmant ruisseau avant d'aboutir aux terrains d'entraînement d'une caserne dotée d'un dispensaire. Mimi m'y accompagne pour soigner la multitude de bobos de l'enfance.

C'est ainsi qu'à l'aube d'une nouvelle journée, cheminant avec elle à travers les arbres fruitiers, je me trouve embarquée dans un enchantement mémorable. Ce matin ressemble, c'est sûr, aux premiers matins du monde. Les cerisiers sont en fleurs, couverts de rosée, le soleil levant illumine la brume, la cascade d'eau chante au loin, les premiers gazouillis d'oiseaux se joignent à elle et les montagnes bleutées forment une ronde autour de nous. Elles sont là depuis des siècles les montagnes, ma sœur et moi aussi : nous sommes en osmose avec elles. Elles nous appartiennent et nous leur appartenons. Plénitude de l'instant. Éblouie, je capte le scintillement d'un rayon de soleil sur une grosse goutte de rosée. Toute la beauté de l'univers se concentre dans ce lieu, dans cette perle liquide, prisme de toutes les couleurs du monde. Je suis envahie par un sentiment de gratitude immense et enveloppée de bienveillance. Je suis aimée, je suis comblée, j'existe.

Le temps se dérobe, même à Hammana. Les évènements et les personnes traversent le ciel, s'y croisent, s'y fondent comme des nuages chassés par le vent. Ici, ce sont les trop rares soirées d'été passées sur le balcon à jouer à « questions-réponses » en famille… Plus loin, ce sont nos visites risquées, et en principe interdites, à un vieil âne aux yeux si doux ! Se glisse de temps en temps le parfum alléchant de la cuisine, quand maman reçoit. Je savoure avec délice les prémices de la fête : la table dressée à l'avance, les odeurs de menthe et d'épices, la fièvre festive qui envahit l'appartement, prometteuse de retrouvailles, de rires et de plaisirs gustatifs.

Ici, c'est la voûte céleste constellée d'étoiles, les rencontres autour du feu organisées par Jean-Jacques, l'aîné de notre bande et notre guitariste. La famille de Jean-Jacques, la famille Fayad, c'est un avion qui passe dans le ciel en laissant derrière lui un sillon blanc. La mère, une belle Suissesse, a épousé le commandant Fayad et a donné naissance à trois garçons et à une fille. Je suis ouvertement amoureuse de Léo, le cadet. C'est un petit bonhomme doté d'une grosse tête, de cheveux drus, lisses et noirs, et de magnifiques yeux bleu-vert qui me font perdre le sens de la nuance. Ma sœur Mireille et madame Fayad, sensibles à ma passion précoce pour Léo, organisent un jour une sympathique cérémonie de mariage. J'y défile en robe blanche au bras d'un époux embarrassé qui brûle d'envie de fuir. Malgré cet ersatz d'alliance, Léo ne s'intéressera jamais à moi. Il essaie même de se débarrasser de la tendre moitié que je suis en me balançant dans une plante grasse, épineuse à souhait. Premières blessures d'amour.

Grâce à madame Fayad, je découvre la musique, la danse, le théâtre, mais surtout… la mer. En effet, elle conçoit le projet d'emmener tout un groupe d'enfants et d'adolescents au *Bain militaire,* une plage privée de Beyrouth réservée aux familles d'officiers. Mireille et moi en sommes si excitées que nous nous réveillons à l'aube. Nous faisons le guet sur le balcon, à l'affût du soleil, regardant les étoiles pâlir, une à une, et l'astre triomphant se dégager des montagnes. Cette attente restera gravée dans nos mémoires : son évocation, des décennies plus tard, inonde de sa verte jeunesse la chambre d'hôpital où Mireille se meurt. Elle marque de sa lumière le jour où nous avons découvert la mer. Je suis tombée amoureuse de la mer. L'odeur, le bruit des vagues, l'exploration des rochers grouillants de bêtes de toutes sortes, les corps libres et détendus, couverts de sel, exposés aux embruns, au soleil et au vent.

Hélas, madame Fayad doit nous quitter pour suivre son mari qui est muté à Nabatiyeh, une région réputée dangereuse. C'est ce que chuchotent à voix basse les adultes. Le départ annoncé de la famille Fayad signe ma première expérience consciente de la souffrance. Je ne veux pas qu'ils partent, je veux les retenir. Mon amour ne se limite pas à Léo seulement, il s'étend à toute cette famille fantasque et créative. Madame Fayad a passé tant de temps avec nous, à nous apprendre des chansons suisses, des danses, à nous aider à monter des pièces de théâtre. Elle fait partie de ces adultes avec qui les gamins se sentent exister et la fréquentation de ses propres enfants m'a ouvert des perspectives inconnues. Que deviendrons-nous sans Jean-Jacques, sa guitare et ses chants ?

Mon amour des Fayad n'arrive pas à les retenir : ils partent, laissant un grand vide derrière eux. Je n'ai plus accès à leur appartement, meublé avec fantaisie, à leurs connaissances musicales et artistiques, à leur différence. Quand, en pleine force de l'âge, j'apprends un jour que le commandant Fayad a divorcé et a refait sa vie avec une autre femme, je sens se raviver brusquement en moi le chagrin de ce qui n'est plus.

Quelques mois après la mutation du commandant Fayad à Nabatiyeh, nous est annoncée celle de mon père à Beyrouth. Le temps est venu de quitter Hammana, berceau de mon bonheur, de quitter l'école du « Bon Pasteur » pour celle de la « Sainte Famille française » qu'on abandonnera une fois à Beyrouth pour les « Sœurs des Saints-Cœurs ». Rien que les noms des établissements successifs qui ont contribué à notre éducation auraient dû faire de nous de saintes femmes !

En attendant de trouver, dans la capitale, *l'appartement* qui répondrait à toutes les exigences de mes parents, nous nous rendons à notre nouvelle école avec papa, entassés dans une jeep de l'armée conduite par un soldat. Je suis rassurée de voir ce dernier se mettre immanquablement au garde-à-vous à l'arrivée de mon père. Cela veut sûrement dire que mon papa est fort, respecté, et que près de lui aucun mal ne peut m'atteindre, même à Beyrouth.

Chaque trajet vers la grande ville m'éloigne un peu plus de Hammana, ce paradis que je sais déjà perdu. Je m'y accroche avec désespoir jusqu'à la déchirure finale qui bien que prenant plus de temps que prévu finit par avoir lieu.

Le déménagement. Un choc des cultures tel que je n'en ai plus jamais connu par la suite… nulle part au monde !

Bienvenue à Beyrouth. La Méditerranée qui caresse ses côtes, la concurrence de ses immeubles pour monter toujours plus haut et sa rumeur de fond : les cris de ses marchands ambulants, les klaxons de ses voitures, les voix fortes de ses habitants. Beyrouth qui abrite richesses étalées et misères noires avec une impassible impudence. Beyrouth, ses quartiers surpeuplés, ses quartiers chics, ses quartiers anciens, ses quartiers à majorité chrétienne, musulmane, juive, arménienne, ses camps palestiniens. Beyrouth, cette robe somptueuse cousue de mille tissus différents. Elle brasse les religions, les appartenances, les dissemblances, l'Orient et l'Occident, dans un équilibre aussi précaire que miraculeux : les chants des muezzins y répondent aux *Stabat Mater* la semaine sainte. Beyrouth qui engrange des courants politiques divers, invraisemblables, antinomiques. Beyrouth où s'affichent des décolletés vertigineux et des corps ensevelis sous des voiles noirs. Beyrouth où tout est possible, le meilleur comme le pire. Beyrouth, la plus belle du monde, « la poubelle du monde ». Sa disharmonie est si totale qu'elle en devient un art, un exploit, une victoire, un savoir-vivre, un défi à l'ennuyeuse conformité. Beyrouth langoureuse, lascive, dangereuse, explosive. Beyrouth, la capitale. Ma capitale.

Mes parents ont réussi à y trouver un grand appartement flambant neuf, dans un quartier plutôt calme, sur une colline appelée Achrafieh à l'abri du tohu-bohu du reste de la ville. Du côté ouest de notre habitation, le jardin des Frères lazaristes et des arbres, seule denrée rare à Beyrouth. À l'est, une vue imprenable sur la chaîne du mont Liban, Sannine, enneigée l'hiver, la baie de Jouniyeh et la mer. Le tout est momentanément accessible au regard en attendant que des immeubles ne montent plus haut que le nôtre et nous cachent en partie le panorama.

J'ai troqué le ciel immense de Hammana, ses montagnes aux couleurs changeantes, ses cerisiers ruisselants de rosée, contre des murs : ceux de notre appartement, ceux de l'école et ceux de la ville. Des murs… partout… et des rumeurs de guerre. L'été 1967 le conflit israélo-arabe arrive à nos portes. Maman essaie de nous faire comprendre pourquoi papa travaille des semaines entières dans le sud du Liban : sa mission est d'expliquer aux Palestiniens qu'ils ne doivent pas chercher noise à Israël à partir du sol libanais. S'ils le font, les Israéliens exerceraient des représailles contre nous, alors que nous, nous avons eu la gentillesse de les accueillir (les Palestiniens, pas les Israéliens). Ma mère nous raconte aussi que les Palestiniens, qui ont fui leurs foyers pour se réfugier au Liban, ont tout juste eu le temps de mettre leurs pantoufles. Certains d'entre eux gardent précieusement les clés de leurs maisons, dans l'espoir du retour. Quant aux Israéliens ils ont, paraît-il, débarqué en Palestine après *la grande épreuve,* dépouillés de tout, avec seulement des habits rayés comme des pyjamas sur le dos. J'en conclus que même si tout le monde se retrouve en vêtements de nuit, plus personne n'arrive à dormir !

Des causes si pareillement injustes et aux intérêts définitivement contradictoires ont du mal à trouver une cohérence dans mon jeune esprit : elles semblent plus porteuses de germes de conflits et de souffrances que de cette harmonie à laquelle j'aspire de tout mon être. Mais je perçois déjà, de façon confuse, que leur résolution nécessiterait des héros dévoués au service de la paix, déterminés à la construire contre vents et marées. Or les martyrs reconnus au Moyen-Orient sont, pour le moment, ceux qui se sacrifient dans des actes de guerre et non ceux qui le font pour bâtir la paix. La violence est l'exutoire spontané des hommes et des femmes en colère. Certains ont besoin de la vivre jusqu'au bout pour se rendre compte qu'elle les a détruits eux-mêmes encore plus qu'elle n'a détruit les sujets de leur hargne.

La ville m'ayant privée de l'abri protecteur de la nature, je me réfugie dans la lecture pour pouvoir alimenter mes réflexions. Comme une bonne partie des chrétiens libanais, je suis francophone et pratiquement bilingue. Je dévore tous les livres, bandes dessinées, romans-photos, biographies, qui me tombent sous la main. Tout ce qui me permet de m'évader au-delà des murs est bienvenu. Tout ce qui apporte un semblant de réponse aux questions dont je suis assaillie, aussi. Car tout m'interroge dans ce monde que je découvre : à qui donc appartient le Moyen-Orient ? Aux Orientaux ou aux Occidentaux ? Et la terre de Palestine, à qui appartient-elle ? Aux Palestiniens ou aux Israéliens ? Et le Liban ? Représente-t-il un pont, un trait d'union, un message, un exemple, un hasard, un essai voué à l'échec ? Si les Arabes sont musulmans pourquoi moi suis-je chrétienne ? À quoi s'occupent les dieux des musulmans, des juifs et des chrétiens pendant que leurs adorateurs s'entredéchirent ? Y a-t-il quelqu'un là-haut qui régente tout ça ou bien le monde tourne-t-il en roue libre ? Cette présence bienveillante qui m'avait enveloppée dans le verger de Hammana recouvre-t-elle tout l'univers ou se donne-t-elle à connaître à quelques initiés seulement ?

Ce qui ne m'interroge pas me révolte. La fin d'Anne Frank par exemple. J'ai emprunté à la bibliothèque de l'école son journal, et je me suis identifiée à cette adolescente attachante. Mais je suis dans l'impossibilité totale d'accepter le dénouement de sa vie. Non, cela ne peut pas être vrai ! Une mort pareille pour une jeune fille si pleine d'espoir, de joie de vivre, de projets d'avenir, est inconcevable. Ce qui lui est arrivé à elle peut tout aussi bien m'atteindre, atteindre mes sœurs… ou n'importe qui ! Ce qu'on laisse faire à un seul être humain menace d'office le reste de l'humanité.

La politique et les religions ne sont pas les seuls sujets qui me semblent compliqués ! À l'école, je découvre la réalité complexe des rapports interpersonnels, ainsi que les aspects ambigus de l'intégration sociale. Notre scolarité étant financée par l'armée, nous nous retrouvons en classe avec des enfants de la grande bourgeoisie libanaise, de ministres et de riches familles koweïtiennes et saoudiennes. Ces dernières envoient leurs filles dans les pensionnats des écoles chrétiennes du Liban réputées pour leur excellence. Je suis fascinée par ces filles différentes qui viennent d'ailleurs. Elles sont belles : Leila, une charmante Saoudienne, aborde une crinière si longue qu'elle lui couvre les reins ! Haná et Hala sont deux sœurs koweïtiennes. Elles affichent, tout au long de l'année, une jolie couleur dorée de pain d'épices. Elles achètent leurs vêtements à Londres : un style bohème et chic, qui les rend uniques. Elles portent parfois des mini-shorts et nous expliquent qu'en arrivant au Koweït, à l'aéroport, elles s'enveloppent dans un immense voile noir qui les recouvre de la tête aux pieds.

Le fait qu'elles puissent bénéficier de possibilités si diverses me fait rêver. Leur tchador me semble constituer une cachette ludique. L'idéal serait de pouvoir décider soi-même de ses habits, sans contraintes sociales ou religieuses. Un petit short quand on se trouve bien dans sa peau, et un grand tchador quand on a envie de sortir incognito et de se blottir dans un cocon à l'abri des regards. C'est peut-être cela, la vraie liberté : choisir dans les deux sens.

Claire est française, elle est aussi blonde que je suis brune. Dans la cour de récréation, Claire me paraît seule, sur ses gardes, étrangère… et encore plus mal habillée que moi, ce qui est un exploit. En effet, j'hérite automatiquement des vêtements de mes trois sœurs, et quand un habit arrive jusqu'à moi, il est usé, délavé, et dépassé depuis belle lurette déjà. Je suis soulagée de découvrir enfin, parmi toutes ces filles fringuées à la dernière mode, une qui ne l'est pas. J'essaie gauchement de me rapprocher d'elle. Elle m'envoie balader en me traitant de « *Grosse pleine de soupe* ». Je connais cette expression que j'ai remarquée dans le riche répertoire du capitaine Haddock, les albums de Tintin n'ayant pas échappé à ma rage de lecture. Les formules favorites d'Archibald Haddock me sont donc familières, mais de les entendre dans la bouche d'une copine de classe, fût-elle française, me déroute tant que je renonce à apprivoiser la solitude de Claire pour m'occuper de la mienne. Claire sort ainsi de mon cercle d'amis sans y être jamais vraiment entrée. Les seuls mots qu'elle a prononcés ne m'ont pas plu : je ne suis ni grosse ni pleine de soupe.

Pendant que je progresse dans l'apprentissage de la vie sociale, Neil Armstrong effectue ses premiers pas sur la Lune. Un petit pas pour lui, un grand pas pour l'humanité, et une « *kézbé kbirée*[7] » que *Téta* Geneviève, ma grand-mère paternelle, refuse obstinément de gober. « Ya kird ! (Nom d'un singe !), dit-elle à qui veut l'entendre, *j'espère que vous n'y croyez pas, vous, qu'on a marché sur la Lune ? "Ils" nous mentent. Comment voulez-vous qu'ils aient atteint notre magnifique* amar *avec leur boîte à conserve ?* Ya kird !... *Elle ne serait pas fichue de m'emporter jusqu'à Toula, leur fusée !* » Impossible de la raisonner : elle mène vaillamment sa guerre de désinformation perdue d'avance.

Fin septembre 1970. J'ai 12 ans. Je profite des derniers jours de vacances, avant la rentrée scolaire d'octobre, pour faire des courses au centre-ville avec ma mère. Je suis ravie qu'elle

7. Grande imposture.

ait enfin accepté de m'acheter un jean plutôt que de me refiler celui de ma sœur Mimi que je commence à rattraper en taille. Nous retournons chez nous en taxi en début de soirée et nous discutons chiffons : faut-il rendre mon pantalon, trop ajusté, et en prendre un autre plus grand qui me durerait plus longtemps ?

Soudain, le véhicule pile devant un barrage de pneus en feu. À travers les flammes, je vois des hommes, barbus et menaçants, hurler en brandissant des gourdins : « *Hezzé Hezzé ya Beyrouth, Abed el Nasser ma bi mout* » (« Secoue-toi, ô Beyrouth, Abdel Nasser est immortel »).

« *Abdel Nasser est mort* », nous explique gravement le chauffeur. Avec une surprenante présence d'esprit, maman lui dit de faire demi-tour et de nous déposer chez une de ses amies qui habite tout près. Rentrer à la maison est impossible pour le moment : la marée humaine, qui a envahi instantanément les rues, bloque la circulation et rend dangereuse la marche.

Il est mort le grand visionnaire ! Ses rêves brisés laissent un goût d'amertume chez les peuples arabes et libèrent de l'espace pour les dictatures et les intégrismes. Mon père ne l'aime pas, mais peut-être que mon père a tort.

Ni les évènements du monde ni ceux de la région ne m'empêchent de me faire enfin deux vraies amies à l'école : Joumana, l'aînée d'une famille « déplacée » du Sud. Son village est limitrophe d'Israël, la situation y est devenue invivable en raison des affrontements entre les Palestiniens et les Israéliens. Ses parents, l'un médecin et l'autre infirmière, se sont réfugiés à Achrafieh et travaillent d'arrache-pied pour payer les études de leurs enfants, leur nouvel appartement et la belle maison qu'ils ont laissée dans le Sud, ouverte à tout vent.

Et puis Maria, sosie d'Elizabeth Taylor, ardente fan de Georges Moustaki et révolutionnaire en herbe. Elle porte en continu un blouson, sur le dos duquel elle a brodé en grand le nom de son idole, et un vieux jean déchiré. Sa beauté est telle qu'elle n'a besoin d'aucun artifice pour la mettre en valeur. Maria n'arrive pas à sortir sans se faire accoster par les garçons. Cela l'agace, l'embarrasse et la distrait de la mission révolutionnaire dont elle se sait investie et dans laquelle elle n'a aucun mal à m'entraîner.

Nous avons tant à faire ! Changer le monde, par exemple. À nos yeux, ceci est une urgence. Notre fougue n'a d'égale que notre impatience. Nous avons toutes les deux du feu dans les veines, un désir de justice et une générosité inemployée. Et le monde attend depuis si longtemps notre arrivée, à nous deux !

Notre plan d'attaque est simple : d'abord circonscrire les problèmes, coucher noir sur blanc nos interrogations : où va-t-on ? Pourquoi ce fossé entre les riches et les pauvres ? Pourquoi les Palestiniens vivent-ils sous des tentes à deux pas de nos beaux appartements ? Pourquoi les bonnes qui travaillent dans nos familles sont-elles à peine plus âgées que nous ?

Une fois les questions posées, nous tentons de leur trouver une réponse. Où chercher les réponses ? Dans les chansons de Moustaki bien sûr :

« *[…]*
Je voudrais, sans la nommer,
Vous parler d'elle.
Bien-aimée ou mal aimée,
Elle est fidèle
Et si vous voulez
Que je vous la présente,
On l'appelle
Révolution permanente.

C'est elle que l'on matraque,
Que l'on poursuit que l'on traque.
C'est elle qui se soulève,
Qui souffre et se met en grève.
C'est elle qu'on emprisonne,
Qu'on trahit qu'on abandonne,

Qui nous donne envie de vivre,
Qui donne envie de la suivre
Jusqu'au bout, jusqu'au bout.
[…]. »

Nous voulons bien aller jusqu'au bout, mais par quel chemin ? Pendant tout un temps, nous empruntons celui de l'École supérieure des Lettres pour écouter les concerts des chanteurs engagés. Aucun film, aucun article, aucune conférence innovante n'échappe à notre quête.

Maria et moi trouvons un certain plaisir à poser des actes osés dans le milieu traditionnel où nous vivons. Dans le cadre d'une journée proposée par le prêtre français responsable de la catéchèse, nous remplissons d'essence les réservoirs des voitures, jouissons de la surprise des « clients », encaissons des « bakchichs » et envoyons le pactole récolté aux réfugiés du Vietnam. Nous visitons aussi des enfants accueillis dans un orphelinat de notre quartier. Nous leur apportons des bonbons, leur apprenons des chansons décalées. Nous devenons copines avec les « bonnes » qui travaillent chez nous, nous nous intéressons à elles, à leur histoire. Nous nous habillons de façon provocante pour faire sortir de leurs gonds les religieuses de notre école qui ont la dure mission de nous ramener dans le droit chemin.

En attendant que la vie nous offre des occasions de rébellion plus innovatrices, comme agir dans les camps palestiniens par exemple, nous écoutons des disques vinyle de Moustaki. De temps en temps, Maria gratte sa guitare et chante elle-même : « *Il y avait un jardin qu'on appelait la Terre…* »

Nous commençons à nous installer confortablement dans notre statut de révoltées permanentes et heureuses de vivre quand la guerre éclate le 13 avril 1975, révolutionnant nos vies qu'on voulait d'emblée révolutionnaires.

*

Qu'elle est belle cette robe des origines cousue de mille tissus différents… je l'enfile… je tournoie dedans… elle est toute en souplesse… elle me rajeunit, elle me va, elle me revigore ! J'aimerais la garder encore et encore plutôt que de saisir à regret la robe en lambeaux.

Chapitre 6

UNE ROBE EN LAMBEAUX

Avant le 13 avril 1975, mes projets s'affichaient audacieux et résolument optimistes. Je voulais être utile au monde, combler les fossés qui séparent les classes sociales, les cultures, les religions et démontrer ainsi mon appartenance et celle de chacun à la grande famille humaine. J'étais prête, pour cela, à faire feu de tout bois. La danse, le théâtre, l'écriture, l'humour, la provocation aussi, tout me semblait bon pour aller débusquer les gens derrière leurs retranchements et les emmener à goûter avec moi à l'acide bonheur de vivre et d'entrer en relation.

Mais voilà que la guerre est là, qui m'enserre et me poursuit. Les francs-tireurs sur les toits, les voitures piégées et les obus meurtriers se liguent pour tenter de me reprendre ma vie porteuse de grandes intentions philanthropiques. Mes ambitions sont brutalement réduites à l'essentiel.

Survivre… essayer tant bien que mal de bâtir mon avenir alors que tout s'écroule autour de moi, tout se délite, explose, part en morceaux ou en fumée : les immeubles, les hommes, les structures politiques et sociales, la confiance. Les lignes de démarcation qui divisent le pays creusent des fossés bien plus problématiques que ceux que je m'imaginais franchir d'un pas de danse.

Mon choix de formation s'en ressent en cette année du baccalauréat qui clôture ma scolarité. Mon professeur de philosophie, un vieux jésuite aux yeux rieurs, me conseille de m'orienter vers le journalisme. Il aime ma façon d'écrire et d'analyser, il sait que j'ai le goût des mots, que j'apprécie leur saveur ainsi que le lien délicat qu'ils tissent entre les hommes. Mais tant de malheurs autour de moi, de déplacés, d'orphelins, de veuves… À quoi leur servirait la parole ? Dira-t-elle l'indicible de l'épreuve de ces personnes marquées au fer rouge de la violence, celui-là même qui rend muet ? Les mots semblent être un luxe réservé aux pays en paix. Ils peinent à traduire la douleur qui affleure dans le regard des victimes de notre guerre, qui déborde de leurs yeux et se fond dans le silence. Les seules paroles qu'on entend sont celles des chefs de partis, épris de mots dangereux et sourds à leurs effets.

Ces années post-1975 que nous vivons au Liban requièrent la compassion et la présence, car le malheur règne en maître dans une nation qui a perdu les chemins de la fraternité. J'opte donc, une fois mon bac en poche, pour une formation d'assistante sociale. Je laisse tomber mon désir d'expression, comme une femme qui se résignerait tristement à ne pas avoir d'enfants.

Je me dis que dans l'avenir, si la vie me dépose sur des rivages plus tranquilles, je tenterai peut-être l'aventure des mots pour décrire cette réalité d'où ils semblent exclus. J'irai à la recherche de la parole juste, du langage qui sort de l'isolement, qui reconnaît la souffrance enfouie et l'étrange lumière qui, parfois, éclabousse les ténèbres. Je le ferai pour nous tous qui taisons notre peine et la traînons derrière nous comme un boulet invisible.

Quelle que soit la discipline choisie, faire des études sérieuses se révèle être un vrai défi dans notre pays en guerre. Les affrontements armés, les pilonnages inopinés viennent rythmer des périodes plus calmes où la vie semble vouloir reprendre paisiblement son cours. Aucune garantie que les évènements des jours à venir ne vont pas faire voler en éclats nos projets et leur mise en œuvre.

Par une belle et lumineuse journée de juin, je me retrouve installée avec une centaine d'autres étudiants dans la salle d'examens de l'USJ[8]. En lisant les questions de mon épreuve, je constate avec plaisir qu'elles correspondent à mes attentes. Je mesure la feuille blanche du regard, déterminée à la couvrir de mes connaissances et à décrocher une excellente note. Un silence absolu règne dans la grande pièce. Dans l'air immobile, les odeurs de parfums se mélangent à celles de la sueur créant une atmosphère saturée de serre chaude. À peine commencé-je à écrire qu'un déferlement d'obus tombe sur le quartier. Les vitres du bâtiment explosent en mille morceaux, les déflagrations assourdissantes se mêlent aux cris de surprise des étudiants. La surveillante se dresse sur son estrade et se met à hurler des ordres contradictoires : « *Descendez, montez, ne bougez pas, sauvez-vous...* » Ses bras tournoient dans tous les sens et la font ressembler à une déesse Kali en pleine crise d'hystérie. Comme toujours quand tout le monde s'affole, je ralentis, me fige, fixe les élèves qui courent vers la sortie. Certains saignent, blessés par les éclats de verre, mais dans leur fuite ils ne semblent même pas

8. L'Université Saint-Joseph de Beyrouth est une université jésuite.

s'en rendre compte. Je regarde de nouveau ma feuille d'examen. J'ai du mal à la lâcher : pour une fois que je possède à fond un sujet… c'est à vous dégoûter de travailler. J'aurais préféré que cela arrive pour mon épreuve de droit. La mort dans l'âme, je me résigne à plier bagage, à rejoindre à contrecœur la cohorte bruyante et à abandonner les idées esquissées sur des pages de brouillon dans une salle désertée.

Les bombardements, ou plutôt ceux qui les déclenchent, semblent prendre un malin plaisir à nous surprendre avant les évènements attendus impatiemment : anniversaires, mariages, sorties entre copains. Je l'expérimente en cette fin d'après-midi où j'ai rendez-vous avec mon groupe d'amis : les quelques semaines de paix que nous venons de vivre nous ont encouragés à programmer une soirée dansante. C'est donc le cœur en fête, que je me dirige, à pied, vers le lieu de notre rencontre. Une fois dans la rue, en bas de notre immeuble, je choisis de faire un détour en prenant le chemin qui offre un horizon plus ouvert et la possibilité de voir scintiller la mer au loin entre un fouillis de bâtiments. Consciente de mon sentiment de bien-être et ravie de passer une soirée avec mes amis, je m'appuie contre un muret pour goûter à la douce saveur de l'instant, au soleil couchant qui me caresse le visage et me réchauffe le corps.

Soudain, j'entends des détonations lointaines. Dans un réflexe de déni, je me refuse d'en interpréter le sens. Elles deviennent pourtant de plus en plus violentes, m'ôtant toute illusion : oui, ce sont bien des bombardements qui se rapprochent, menaçant notre joyeuse rencontre. Je glisse graduellement dans un accablement abyssal. Autour de moi le soleil se fait noir, la mer terne et l'air glacial : la guerre n'est pas finie. Les canonnages vont reprendre encore et toujours, nous condamnant à perpétuité aux abris, aux sirènes des ambulances, aux murs de nos appartements. Plutôt mourir là, tout de suite, dans la rue. Grimper sur le muret, ouvrir tout grand les bras, attendre consentante un obus, l'accueillir en plein cœur comme une délivrance. Ne plus me cacher, ne plus vivre la crispation, la peur de la déflagration, du morcellement, de l'éclatement de mon pays, de ma vie. Un appel désespéré s'échappe de ma poitrine et monte péniblement vers le ciel : « Mon Dieu, où es-tu ? Que fais-tu ? Pourquoi nous abandonnes-tu ? Je n'en peux plus de cette guerre… Ne le sais-tu donc pas ? »

Je lance ce cri à tout hasard, convaincue qu'il ne trouvera aucun écho dans le vide de ma solitude et la profondeur de mon désarroi. Soudain me vient à l'esprit le récit de la tempête apaisée dans l'Évangile. Les vagues à l'assaut de la barque, les disciples affolés, Jésus qui dort, et le cri des disciples : « *Seigneur, cela ne te fait rien que nous périssions ?* », et Jésus qui se réveille, qui leur répond : « *Pourquoi avez-vous peur, gens de peu de foi* », et le calme qui se fait, et le passage vers l'autre rive qui continue, qui s'achève.

Une grande paix m'envahit tandis que les bombardements vont crescendo. Je ne suis pas seule dans ma barque. Je ne coulerai pas : une certitude, une promesse, une présence.

Je fais demi-tour pour rentrer chez moi et je dis à la Présence : « Mon Dieu, si tu es sur la même barque que nous, il faudrait que tu t'accroches ! » Étonnante transcendance qui se révèle autant dans l'éblouissement que dans l'accablement. Ne pas tenter de l'expliquer, de la justifier, de s'en excuser presque. L'accueillir tout simplement, avec gratitude… Car le chemin est rude, les ressources limitées, la réalité du mal trop cruelle.

Une nuit, nous sommes réveillés par l'explosion d'un obus dans notre rue, juste sous nos appartements. Une minute plus tard, nous nous retrouvons tous agglutinés à la fenêtre de la salle à manger, essayant de deviner, malgré l'obscurité, ce qui se passe. Des phares trouent les ténèbres, une voiture, puis deux. Des conversations inaudibles, et puis une plainte, une longue et interminable plainte : un père qui réalise que ces morceaux épars sur le trottoir sont les restes de son fils. Il s'efforce de tout rassembler et il geint. Nous assistons, silencieux, à cette scène insupportable sans pouvoir nous détacher de notre perchoir, sans pouvoir hurler à la mort comme hurlent les chiens. Nous ne sommes pas des chiens, nous sommes des hommes et des femmes bâillonnés par l'épouvante et par nos idées de civilités.

Je réclame pour tous ceux qui ont vécu des guerres le droit de hurler tranquillement sans être traités de fous. Faute de quoi leur cri reste étouffé en eux et continue à paralyser longtemps, longtemps après, leurs timides tentatives de bonheur. Faute de quoi leur cri risque de se frayer un chemin à contretemps, de les envahir, de les submerger, et de se déverser sur les paisibles citoyens de pays paisibles sous la forme d'une rage incompréhensible. Faute de quoi leur cri émergera sous forme de maladie ou de dépression profonde.

Mais aucun d'entre nous n'ose hurler sa colère, son dégoût et sa révolte. Aucun. Nous allons nous recoucher en silence, pétrifiés d'horreur. Ma sœur Mimi s'installe pour plusieurs nuits dans la baignoire de la salle de bain. C'est inconfortable, mais pour la trouver, un éventuel obus aurait à traverser plusieurs murs. Elle rassemble aussitôt toutes ses affaires dans une vieille valise en carton et prend la ferme résolution de quitter le pays. Même si l'aéroport est inaccessible, même si elle ne bénéficie d'aucun point de chute, même si elle n'a pas un rond… elle part quand même quelques mois plus tard.

Elle n'est pas la seule à vouloir tenter l'exil. Les voyages s'organisent vers des contrées qui me semblent si lointaines : la France, en premier lieu, le Canada, les États-Unis, l'Angleterre… certaines personnes sont prêtes à aller jusqu'en Australie ! Ailleurs, paraît-il, non seulement on vit autrement, mais on meurt autrement aussi. C'est difficile à croire, mais ceux qui s'y trouvent déjà nous disent que c'est vrai : que notre style de vie d'avant-guerre continue dans d'autres pays. Que notre guerre n'est pas, comme nous l'imaginons, la fin du monde, mais tout simplement la fin de notre monde. Elle bouleverse peut-être nos existences, mais elle n'empêche pas le reste de la planète de continuer à tourner.

Au hit-parade de nos chansons favorites, John Denver déclasse Michel Fugain. *Leaving on a Jet Plane* arrive au Liban, enveloppe de ses notes les adieux, les au revoir, les embarquements en avion lorsque l'aéroport est accessible, ou bien les départs en bateau depuis le port de Jouniyeh quand l'aéroport est fermé ou qu'il est trop dangereux de s'y rendre.

En fredonnant ce nouveau refrain fétiche, je me balade avec mon amie Joumana dans les rues d'Achrafieh. Nous humons tour à tour dans l'air chaud l'odeur du jasmin puis celle des immondices qui s'entassent sur les trottoirs. Tandis qu'elle me traduit les paroles de la chanson, je réalise que cette rencontre a la saveur d'une dernière fois : Joumana vient de m'apprendre la décision de son père d'émigrer au Canada. *"Don't know when I'll be back again."* Maria ne nous accompagne pas : elle a perdu, quelques semaines plus tôt, son cousin, un frère pour elle. Il est mort de façon héroïque en conduisant, blessé, un véhicule rempli de combattants encore plus mal en point que lui. Il s'est arrêté sur le parking de l'hôpital, s'est effondré sans vie sur le volant pendant que le personnel médical prenait en charge les autres. Inconsolable, Maria se retranche dans son chagrin. *"Already I'm so lonesome, I could die."*

Mes amitiés sont en partance. Elles m'abandonnent à mes premières histoires d'amour. En ces temps de guerre, mes amitiés se révèlent plus sécurisantes que mes amours. Elles me laissent entrevoir les contours de ma personnalité, la cohérence de mes aspirations. Les balbutiements d'Éros, quant à eux, me troublent, ouvrent des espaces inconnus, non balisés, alors que mon avenir et celui de mon pays sont déjà si incertains ! Je sais par ailleurs que ma vie d'aujourd'hui est liée à celle du Liban et à celle de ma famille. Je sais que papa ne s'exilera pas, qu'il ne vendra pas nos biens pour aller s'installer en Australie ou au Canada. Pour lui, partir ce n'est pas « mourir un peu », c'est mourir tout court. C'est renier son histoire, sa participation à l'histoire de son pays.

D'autres choisissent de mourir un peu, plutôt que de mourir tout court. Ils bradent, louent, prêtent leur maison et s'en vont refaire leur vie sous d'autres cieux, moins bleus, mais qui ont au moins le mérite de ne pas leur tomber sur la tête. Les adieux se déroulent à la sauvette, entre deux bombardements, deux « rounds », deux avions, deux amis que la guerre sépare.

La tristesse de ces départs n'empêche pas ceux qui restent de « faire les fous » pris, à leur corps défendant, par une frénésie bouillonnante et compensatrice. Ma nouvelle copine Dalal et moi n'échappons pas à cette réaction aussi salutaire que désespérée. Désireuses de faire un pied de nez à la mort qui nous guette en affichant une vitalité provocante, nous notons que les grands axes routiers de nos quartiers sont totalement déserts après une nuit de bombardement. Nous en profitons pour louer des vélos et traverser ces avenues à toute vitesse, parfois même à contresens, roulant au milieu de la rue, les bras ouverts, les cheveux au vent, goûtant avec délice à l'étrange ivresse de la liberté absolue. Quel plaisir de régner sur ces espaces envahis en temps ordinaire par les voitures, les embouteillages monstres, les klaxons et les jurons des chauffeurs de taxis. Étant forcées de subir le pire de l'anarchie, nous choisissons, avec enthousiasme, d'en vivre le meilleur aussi.

Pendant que nous filons à tombeau ouvert sur les boulevards désencombrés, d'autres s'adonnent à des transgressions plus lucratives : des équipes de combattants au chômage s'occupent de vider les docks du port. On raconte en riant dans tout Beyrouth qu'un groupe de pillards, pris d'une fringale soudaine, s'est attaqué à un stock de tablettes de chocolat dérobées à la cargaison d'un bateau. Ils ignoraient que c'étaient des chocolats laxatifs. S'étant généreusement servis, ces voleurs gourmands se sont retrouvés immobilisés sur place par une diarrhée carabinée.

Quant aux jeunes expatriés, ils reviennent de temps en temps embrasser leurs parents ou leur petite amie laissée au pays. C'est le cas de Walid, le fils d'Imm Walid, notre voisine. Il profite d'une accalmie relative pour quitter quelque temps les brumes de *Misterdame*. Sa maman est ravie de l'accueillir et pressée de le voir repartir avant que « les évènements » ne reprennent. Malheureusement pour eux, trois obus s'abattent un jour sans crier gare sur les quartiers chrétiens, dont un non loin de la voiture que conduisait Walid. Celui-ci est atteint par les éclats de la déflagration et hospitalisé d'urgence. Sa mère nous rassure : les médecins lui disent que l'état de son fils n'est pas critique. Nous sommes donc complètement surpris quand, par un après-midi tranquille, nous entendons un long hurlement de bête blessée en bas de l'immeuble : « *Walid est mort, Walid est mort !* »

Vite, dégringoler les escaliers, entrer chez Imm Walid et essayer de comprendre : comment est-ce arrivé, alors qu'on lui avait assuré que le jeune homme était hors de danger ? Elle est incapable de proférer le moindre mot, d'expliquer. Elle ne peut que crier, gémir et se lamenter. Nous faisons corps autour d'elle, dans ce petit appartement sombre et encombré de meubles, quand le téléphone se met à sonner. Comme personne ne semble prêt à répondre, je décroche, par réflexe. J'entends une voix joyeuse de jeune fille : « *Allô, bonjour, est-ce que je pourrais parler à Walid s'il vous plaît ?* »

Que dire ? Un moment d'hésitation pour appréhender la réalité et bafouiller péniblement : « *Walid est mort.* »

Silence à l'autre bout du fil. Silence dans la pièce. Les gémissements d'Imm Walid s'élèvent dans l'air comme une confirmation de ma phrase. Walid n'est plus.

Son corps est ramené dans un cercueil, sur une jeep appartenant à des combattants amis de son frère Toni. Ils sont plantés sur le véhicule comme des statues vivantes, leur expression patibulaire et leurs armes pointées coupent court à toute tentative de dialogue. « *Il faut l'enterrer tout de suite,* expliquent-ils à Imm Walid. *Une escalade de violence est annoncée qui rendrait la mise en terre trop risquée.* »

Ce n'est pas une suggestion, c'est un ordre. Ces hommes ont pris l'initiative de ramener le corps dans un cercueil. Ils savent qu'ils évitent ainsi des dépenses et des déplacements à la famille. Ils s'attendent donc à un élan de reconnaissance et à être obéis illico. C'est mal connaître Imm Walid.

Debout sur le trottoir, les mains sur les hanches, la tête relevée vers ces gaillards intimidants, ce petit bout de femme se met à hurler avec la folle audace de ceux qui n'ont plus rien à perdre : « *Ah oui ? Vous pensez que c'est aussi simple que cela ? Enterrer son fils ? L'offrir en holocauste comme tribut à la guerre, à votre guerre ? Moi, ma guerre c'est la vie, c'est la survie de mes enfants ! Allez dire à Béchir*[9] *que je m'en fiche de sa lutte, que je n'y crois pas à ses idées, que ce que je voulais moi, c'était voir mon fils grandir, être heureux, me donner des petits-enfants. J'avais accepté pour cela qu'il vive loin de moi, qu'il aille à* Misterdame. *Mais non ! À peine rentre-t-il m'embrasser que votre maudite guerre me le fauche !* »

Je vis, à côté d'elle, par procuration, le soulagement de pouvoir enfin crier ma révolte et ma colère. Elle crie pour elle, elle crie pour moi, elle crie pour tous ceux qui ne trouvent pas de sens à tant de vies sacrifiées.

Le plus étonnant est l'attitude des combattants face à notre voisine. Ces fringants jeunes hommes, craints par tout le monde, habitués à appuyer sur la gâchette pour résoudre les problèmes, redeviennent tout petits devant l'immense chagrin d'une mère. Embarrassés, ramenés de force à leur condition de fils aimés, à leur humanité fragile, ils restent là troublés, décontenancés, silencieux.

9. Béchir Gemayel, chef des Forces libanaises.

Des mois durant, après la mort de Walid, j'entends les gémissements de sa mère au sous-sol en rentrant chez moi, plainte continue sortant des entrailles de la terre. Je descends parfois les escaliers, je tape à la porte de notre voisine et je demeure un moment avec elle, en lui tenant la main. Nous n'échangeons pas de paroles. Dans le silence de son appartement, le tic-tac de l'horloge, ses pleurs et l'absence définitive de son fils…

Un an ou deux plus tard, sa fille met au monde un garçon qu'elle lui confie de temps en temps. Quand il fait beau, que les fenêtres sont ouvertes, il nous arrive d'entendre la voix d'Imm Walid. Ses plaintes laissent place progressivement à un monologue avec le nourrisson. Ce dernier, qu'on surnomme « Roro », refuse de manger. Cela provoque chez sa grand-mère une sacrée colère. Nous l'écoutons réprimander bruyamment son petit bonhomme qui fait la grève de la faim : *« Lé ? Lé, lé ya Roro lé ? Lé am taazbné lé ? Lé ma am btékoul lé*[10] *? »* Mon frère et moi prêtons une oreille complaisante à ses reproches, soulagés de la voir revenir à la vie. Quand elle commence à dire : *« Lé lé »*, nous continuons son refrain d'une

10. « Pourquoi, pourquoi, pourquoi ne manges-tu pas Roro ? Pourquoi me fais-tu souffrir comme ça ? »

seule voix : « *Lé ya Roro lé ? Lé am taazbné lé ? Lé ma am btékoul lé ?* »

Cela fait un bon bout de temps maintenant qu'Imm Walid a rejoint son fils dans cet au-delà dont on ne sait rien. Elle restera pour moi la figure emblématique de la femme pendant la guerre : blessée, fragile, mais vraie et debout. « Simple », comme dirait ma mère. Walid et elle font partie de ces nombreuses victimes dont plus personne ne parle. Enfouies dans l'oubli.

« Ils sont nombreux les bienheureux
Qui n'ont jamais fait parler d'eux
Et qui n'ont pas laissé d'image…
[…]
Ils sont nombreux, ces gens de rien,
Ces bienheureux du quotidien
Qui n'entreront pas dans l'Histoire[11]*.*
[…] »

*

Songeuse, je suspends ma robe en lambeaux sur un cintre. Ne pas la jeter, pas encore. Elle tiendra compagnie aux robes noires que je retire avec appréhension de mon bagage. Ai-je eu raison d'ouvrir cette boîte de Pandore ? De déballer la souffrance et les délitements d'une paix agonisante ? De revisiter cette cruauté que j'ai envie d'oublier, mais qui m'obsède ?

---

11. Chant de Robert Lebel (prêtre et compositeur).

Chapitre 7

LES ROBES NOIRES

Le noir est encore la couleur du deuil au Liban. Non pas le noir élégant, animé d'un beau bijou ni celui brillant aux reflets chatoyants. Non. Les vêtements de la femme endeuillée se doivent d'être d'un noir abyssal, qui immole le corps au lieu de l'habiller, le recouvre de chagrin sans le consoler et aspire dans ses replis sombres la moindre parcelle de lumière.

Le rouge à lèvres est proscrit, le fard à joues prohibé, les bas foncés sont de rigueur même quand les températures frôlent les trente degrés. Seule dérogation à l'austérité : une visite discrète chez le coiffeur qui est admise et même encouragée. En affichant donc, le temps qu'il faut, la couleur de son deuil – un an pour le décès d'un être proche –, la personne éprouvée rappelle aux autres sa vulnérabilité. En réponse, son entourage lui prodigue égards et attentions. Refuser de souscrire à cette obligation vestimentaire, c'est prendre le risque de choquer et de se priver ainsi de la compassion et du soutien espérés. C'est un code social incontournable qui réduit la liberté, mais offre en contrepartie un espace ritualisé pour gérer la peine et l'absence.

À « Caritas[12] », où j'effectue mon stage d'assistante sociale en cet automne 1978, la salle d'attente est envahie de femmes en noir. Cette multiplication des signes de deuil provoque en moi une impression d'étouffement ainsi qu'une envie de fuir chaque fois que je pénètre dans cet espace restreint. Je dois, consciemment, accomplir un effort pour accueillir ces femmes une à une, remplir leurs dossiers, écouter leurs récits jusqu'au bout sans interrompre l'entretien, sans éclater en sanglots parce que ce qu'elles me racontent est trop insupportable.

« *Nous sommes l'une des dernières familles musulmanes à Nabaa*[13] *: toutes les autres sont parties et ont été remplacées par des familles chrétiennes ayant déserté les régions musulmanes. Nous avons voulu rester, continuer à cohabiter avec nos voisins chrétiens, comme avant. Nous avons offert l'hospitalité aux réfugiés qui arrivaient, partagé nos repas avec*

---

12. Caritas : équivalent, au Liban, du Secours Catholique.

13. Banlieue de Beyrouth-Est. Désertée par les musulmans, elle a servi de refuge aux familles chrétiennes en fuite.

eux. Quand on est venu prendre mon mari, j'étais abasourdie… Pourquoi lui ? De quoi l'accuse-t-on ? J'ai attendu qu'on me le rende. Un jour, deux jours, un mois, deux mois, un an, deux ans. Je ne sais pas s'il est mort ou vivant. J'ai frappé aux portes des miliciens, je les ai suppliés de me renseigner à son sujet. Ils ne voulaient pas me parler tant que je gardais mon foulard sur la tête. En quoi ce foulard les dérange-t-il ? Je l'ai toujours porté. Il fait partie de moi maintenant. On m'a conseillé de fouiller dans les amas de corps sous les ponts. J'ai accompli cette démarche morbide en vomissant, la peur au ventre. Un milicien m'a interpellée et m'a demandé ce que je trafiquais là. Je lui ai expliqué, il m'a permis de continuer à chercher à condition d'enlever mon foulard. Ils ne voient pas ma détresse, ma solitude, mon angoisse, ils ne voient que mon foulard ! »

« Des soldats inconnus ont tapé à notre porte la nuit. Ils ont emmené tous les hommes adultes présents : mon frère, mon mari et mon fils aîné. Je me suis jetée sur eux pour les retenir, ils m'ont rassurée. "Nous ne leur ferons aucun mal. Nous avons juste quelques questions à leur poser. Nous vous les rendrons demain." Ils nous ont restitué des corps défigurés, entassés dans une benne[14]*. J'ai dû, sous le*

14. Massacre au village chrétien de Kaa attribué à l'armée syrienne.

regard de mes enfants, reconnaître les miens, les tirer de là, les enterrer, et partir avant qu'ils ne reviennent s'attaquer à d'autres. Aujourd'hui, nous vivons dans un deux-pièces à Nabaa. Dès qu'un gamin me dérange, je lui flanque une paire de claques. Je ne sais pas ce qui me prend… Je ne comprends pas mes débordements de violence ! Ces enfants représentent tout ce qui me reste. »

Les mots m'atteignent en plein cœur avec leur charge d'images et d'effroi. Je m'accroche à ma chaise, je respire profondément pour éviter de toucher le fond du gouffre que ces paroles creusent en moi. Ne pas montrer ma détresse, ne pas pleurer, ne pas prendre cette femme dans mes bras, pour la bercer, la consoler, lui demander pardon pour l'atrocité de ce qu'elle a subi, pour ma totale impuissance. La distance professionnelle est de rigueur, elle constitue l'un des piliers de mon travail. Mon devoir est de gérer discrètement mon désarroi en affichant une impassibilité que je suis si loin d'éprouver. Personne ne m'a jamais avertie que la réalité pouvait se révéler si insupportable : ni mon éducation, ni mes études, ni les chansons de Moustaki ne m'y ont préparée. J'écoute en hochant la tête et je cherche intérieurement une issue de secours. Y en a-t-il une quelque part, un chemin qui me remmènerait vers l'innocence, vers la lumière de Hammana et ses vergers ruisselants de rosée ?

Mais Hammana n'est pas épargnée par la guerre. On y a arrêté le vieux médecin de la famille, celui qui nous offrait des cageots de cerises chaque été, celui-là même qui m'a mise au monde. Il a été sauvagement battu, cet homme qui a passé sa vie à prendre soin des autres ! L'appartement où nous avions vécu a été partiellement détruit par un obus, toutes les habitations autour sont désertées : l'armée frôle l'éclatement.

Je ne peux plus retourner en arrière, je dois rester là, face à ces histoires que j'ai tant de mal à entendre. Il n'y a pas d'issue de secours. Suis-je trop sensible pour les écouter, ou ces récits sont-ils trop cruels ? C'est peut-être la « distance professionnelle », cette armure censée me protéger et me rendre invulnérable qui ne fonctionne pas. Il faudrait une distance énorme, équivalente à celle de la Terre à une autre planète pour accueillir ces mots et demeurer impassible. Ces femmes en face de moi ne représentent pas des « cas », à classer froidement dans des chemises en papier. Elles sont embarquées comme moi, comme nous tous, sur le même bateau et liées par la même humanité. Ce qu'elles racontent là est horrible…

Réveillez-vous, peuples du monde, allez à la recherche de la solution, du Graal nécessaire !

Moi je n'y arrive pas.

Si, je peux. Je peux les orienter vers des programmes d'aide matérielle, de soutien, pour qu'elles puissent manger, nourrir leur famille, pour que les enfants reprennent leur scolarité, dénichent un travail, cicatrisent tant bien que mal leurs blessures. C'est modeste comme action, ce n'est pas spectaculaire, cela ne résout pas le problème, mais c'est ce qui se trouve à ma portée, aujourd'hui, pour répondre à leurs besoins.

Et les écouter, encore et encore. Ne pas fuir, ne pas fuir. Percevoir et recevoir les pépites de lumière enfouies dans leur récit :

« Moi, j'ai de la chance : mon mari est mort dans notre lit, d'une crise cardiaque, juste après l'amour. Il est parti rassasié de ma passion pour lui et non assassiné par ses semblables ou déchiqueté par la violence d'un obus ! Sa famille m'a reproché d'avoir provoqué sa fin. En temps de guerre, si l'on ne s'accroche pas à son homme, à quoi, à qui s'accrocher ? J'ai eu de la chance : mon mari était un gars bien, un bon père, un bon époux. Il m'a laissé cinq enfants. Je n'ai jamais travaillé. Heureusement, nous sommes propriétaires de notre appartement. À chaque bombardement, avant de me précipiter avec les miens dans l'abri, je le confie à la Sainte Vierge,

je la supplie : "Marie, ce logement résume tous nos biens. Protège-le." Ensuite, je descends au sous-sol tranquille, sachant que je peux compter sur Marie. Un soir de pilonnages intensifs, tous les appartements aux alentours ont été touchés, sauf le nôtre. Vous me direz que c'est le hasard. Peut-être ! Je préfère penser que c'est Marie. »

C'est au milieu de ce flot d'histoires aussi douloureuses que singulières que Farida arrive dans mon bureau. Petite femme brune et mince au visage parfait de madone, aux cheveux frisés retenus en arrière par une queue de cheval. Même engoncée dans le noir, elle paraît étonnamment jeune pour une veuve, responsable d'une famille nombreuse, une personne réfugiée à l'intérieur des frontières de son propre pays.

Farida s'assied et commence son récit : elle a quitté Damour[15] à pied avec ses cinq enfants, laissant derrière elle le corps de son mari, tué sous leurs yeux. Lors de sa fuite à travers les vergers, elle est surprise par un Palestinien armé, un de ceux qui avaient attaqué son village. Elle croit sa dernière heure arrivée, elle le supplie de les épargner, elle et ses enfants. Pris de pitié, il les accompagne tous jusqu'à la limite d'une région

15. Village chrétien dans le sud du Liban, dévasté en janvier 1976 par des massacres commis par les milices palestiniennes et leurs alliés.

sécurisée. Il lui donne de l'argent, une somme considérable, volée peut-être dans une des maisons qu'il venait de piller. Elle se retrouve à Nabaa désorientée par ces épreuves extrêmes.

Tout au long de son récit, elle me regarde avec dans les yeux une question, qu'elle finit par me poser :

« *On m'a dit que vous vous appelez Aouad. Or avant mon mariage, j'ai travaillé à Hammana chez un officier de l'armée qui portait le même nom. J'en garde un souvenir très fort. J'étais employée de maison, mais j'ai eu l'impression de faire partie de la famille : j'ai reçu ma première communion durant ce temps avec eux et c'est la maman qui m'a appris à lire. Le père s'appelait Ibrahim Aouad, et sa plus jeune fille, qui était bébé quand je l'ai quittée, était nommée Hoda comme vous.*

– Farida ! C'est vous la Farida que mes parents évoquent souvent ! Ils ont pensé à vous quand ils ont entendu parler des horreurs de Damour ! »

Nous tombons dans les bras l'une de l'autre. Je l'invite chez nous, notre appartement jouxte les locaux d'urgence de Caritas. Toute la famille se rassemble autour d'elle pour un chassé-croisé de questions-réponses, de rires, de larmes… de souvenirs. De vraies retrouvailles. Tant pis pour la « distance professionnelle ». Demain, peut-être, nous serons tous morts. La « distance professionnelle » nous survivra, placide et froide, intouchable.

Il arrive ainsi que quelques petites rencontres lumineuses viennent me rappeler le sens de mon action. Le reste du temps, je navigue à vue. Je découvre avec effarement l'étendue des dégâts provoqués par les conflits, les raffinements de cruauté dont mes semblables se montrent capables. J'ai beau me dire que la violence a toujours existé, les guerres et les tortures aussi, partout dans le monde, que ces choses-là ne sont pas l'apanage de mon peuple, cela ne me donne aucune consolation, au contraire ! Je n'arrive pas à accepter les évènements qui s'abattent sur mon pays avec la même brutalité que les obus qui les accompagnent. Je dois m'en défendre, construire une carapace autour de la colère silencieuse qui m'habite, de ma révolte qui s'exaspère sans trouver d'exutoires. La désespérance s'infiltre sournoisement dans les profondeurs de mon être, détruisant petit à petit mes rêves de fraternité, me faisant redoubler ma deuxième année d'études. Mon paysage intérieur commence à ressembler à celui du pays : des champs de ruines disséminés et quelques lieux magnifiques encore préservés.

Dans cet état d'accablement, je m'arrête un lundi matin devant la salle d'attente de Caritas.

La main sur la poignée, j'hésite à ouvrir la porte qui me sépare de toutes ces créatures en noir, de toutes ces histoires douloureuses. Je me sens indigne des regards qui vont essayer de croiser le mien dans l'espoir d'une réponse, d'une aide, d'un miracle. Qui suis-je, moi, pour secourir ces femmes ? Une jeune fille de famille bourgeoise épargnée… pour le moment. Tous les principes que j'apprends au cours de mes études me semblent dérisoires face à leurs souffrances. Avant de tourner la poignée de la salle d'attente, je récite une petite prière : « Mon Dieu, donne-moi la force d'affronter ces regards, d'affronter l'abîme qu'ils me révèlent en ces personnes, en moi ! Accorde-moi le courage qui me manque ! »

J'entre tout doucement dans la pièce. Brusquement, je suis presque soulevée de terre par une sorte de géant qui m'emprisonne dans ses bras. Tout en essayant vainement de me dégager, je lève la tête pour voir à quoi ressemble ce colosse. À ma grande surprise, j'aperçois un visage rond, affectueux et souriant, doté de deux belles fossettes et d'un regard pétillant.

Il me dit : *« Moi je suis Hadi et toi, qui es-tu ? »* Bonne question ! Je n'ai pas la présence d'esprit de lui répondre : « Je suis une femme qui meurt de peur à l'idée d'affronter la souffrance. » Je réplique simplement : *« Moi, je suis Hoda. »* Il me dépose par terre, me libère de son étreinte et me déclare avec assurance : « *Toi, Hoda, je t'aime… Je t'aime de tout mon cœur !* »

Seigneur ! Qu'il est doux d'entendre cela au moment où l'on s'y attend le moins ! Hadi est handicapé, c'est un homme handicapé qui m'inonde de son amour à l'instant où je me sens plus aride que tous les déserts du monde. Je jette un coup d'œil aux femmes présentes dans la salle : elles sourient avec attendrissement en regardant ce géant innocent.

La mère de Hadi est assise parmi elles. Elle n'est pas habillée en noir, elle n'est donc pas veuve. Elle vient appeler au secours parce qu'elle ne sait plus comment occuper son fils. L'institution qui l'accueillait auparavant s'avère inaccessible, elle se trouve sur une ligne de front. Hadi, qui déborde d'enthousiasme et d'énergie, se sent prisonnier entre les murs de sa maison, il piaffe d'impatience. Ses parents vieillissants n'arrivent plus à le contenir ni à le canaliser. Ils se protègent de leur entourage : son père, cardiaque, est au chômage. Ils ont honte de leur déchéance ainsi que du handicap de Hadi dû à une manipulation trop musclée des forceps au moment de sa naissance. Il suffit de peu de choses pour basculer dans le monde de ceux qui ne peuvent pas, qui ne savent pas, ceux qui dépendent du bon vouloir des autres ! Dans le monde de ces porteurs de handicaps qui font sourire les femmes en noir.

Par une heureuse coïncidence, je viens de croiser un ami qui a décidé, en rentrant au pays après un séjour à l'étranger, de fonder « Foi et Lumière[16] » au Liban, et éventuellement, au Moyen-Orient. Je le mets en contact avec la famille de Hadi émerveillée par la synchronicité de ces évènements.

Oui, certaines de mes rencontres me consolent, me rassurent, me font prendre conscience de mon identité. D'autres m'en font douter… jusqu'au vertige. Je pense à ce combattant qui arrête à un barrage la voiture du « service[17] » dans lequel je me trouve. Je suis assise sur la banquette avant, à la fenêtre. La situation est tendue, la route que je dois prendre pour ma visite à domicile est jalonnée de barricades. Je n'ai pourtant pas peur, car je suis à Beyrouth-Est, ma région. Il m'est arrivé de devoir contenir mes tremblements aux barrages de « l'autre côté », surtout quand j'allais avec mon maître de stage dans le Sud avec des

16. Mouvement créé par Marie-Hélène Mathieu et Jean Vanier autour des personnes porteuses de handicaps mentaux et de leurs familles.

17. Service : taxi collectif, moyen de transport courant au Liban.

sommes d'argent importantes cachées sous le tapis de notre véhicule. Ce précieux et encombrant chargement était destiné à des mères veuves et isolées, musulmanes aussi bien que chrétiennes. J'appréciais le fait que Caritas ne limite pas son aide aux seuls chrétiens. Cela me donnait le courage de fixer les guerriers suspicieux dans les yeux tout en priant silencieusement pour qu'ils n'aient pas l'idée de fouiller la voiture et de s'approprier les liquidités qu'attendaient nos familles. Donc, quand le taxi pile devant le barrage de mon combattant inconnu, je ne ressens de prime abord aucune anxiété : je suis chez moi, dans « ma » région, lui et moi appartenons au même bord, je n'ai rien à craindre.

Je baisse la vitre et je croise un regard terrifiant, implacable et dur, mélange de mur et d'abîme. Tétanisée, je n'arrive plus à détacher mes yeux de ceux de l'homme qui m'apostrophe :

« *Vos papiers !* » [Silence.] « *Vos papiers !* » aboie-t-il. *Vous êtes sourde ? Ou quoi ?*

– J… je ne les ai pas, j'ai changé de sac ce matin, je les ai oubliés !

– Votre nom ?

Mon nom ? Quel est mon nom ? Le blanc, le vide, le néant… là, dans ces deux trous noirs qui me fixent, m'aspirent et m'entraînent dans un gouffre sans fond. Il a soif de sang, c'est certain.

Il sent le sang. Drogué, probablement. Il pose sa main sur la portière et m'ordonne :

– Descendez !

Non ! Je ne descends pas ! Je m'accroche à la poignée de la portière pour l'empêcher d'ouvrir. Je détache mon regard du sien : le cobra hypnotise sa proie pour paralyser sa résistance. Rompre la fascination, fermer les yeux, respirer profondément. Pas de panique. Qui suis-je ? Quel est mon nom ?

Eurêka ! Je reprends mes esprits et j'annonce avec le même enthousiasme que les joueurs de *Questions pour un champion* quand ils sont certains de leur réponse :

– Hoda. Mon nom c'est Hoda.

– Chrétienne ou musulmane ?

– Chrétienne ! Et pratiquante !

– Qu'est-ce qui me le prouve ?

Faire vite, il faut que je fasse vite. Si je ne veux pas finir ma vie entre les mains de cet homme ni subir le genre de mort que ses yeux me promettent, il me faut être rapide et efficace. Je débite d'un seul trait, en évitant son regard, le nom de mon père, celui des personnalités, personnages politiques du moment avec lesquels il travaille, qu'il connaît, lesquels sont tous des supérieurs hiérarchiques de ce petit combattant assoiffé de sang. Tous sont également bien placés pour lui faire regretter un geste impulsif. J'en rajoute tant que je peux, bien sûr.

– *Bon, vous pouvez partir !* dit-il au taxi d'un ton contrarié. »

Ouf ! Je n'oublierai jamais ce regard, ni la peur paralysante, ni l'amnésie troublante qu'il a provoquées en moi.

Je constate un jour, avec étonnement, que tous les baroudeurs qui pullulent dans mon pays ne se ressemblent pas. Farès, que je découvre un peu plus tard me rappelle que, quels que soient les crimes qu'il commet, aucun homme ne peut être exclu de la communauté des vivants, de la condition humaine.

La rencontre avec Farès se produit dans un camp de réinsertion pour combattants dans lequel m'a entraînée mon ami Rony, étudiant en médecine dentaire et volontaire pour toute action sociale bénévole qui lui est proposée. Les initiatives privées auprès des jeunes qui ont pris les armes prolifèrent, portées par les nombreuses associations et par un optimisme qui espère à tort la fin de la guerre à chaque accalmie. J'avais déjà travaillé avec Rony, en tant que stagiaire en études sociales, dans un centre d'accueil de réfugiés. Nous faisions partie tous les deux de l'équipe d'encadrement. C'est là, dans une atmosphère d'urgence, de drames et d'humour, qu'est née entre nous une de ces belles amitiés plutôt rares entre personnes de sexe opposé. J'ai une totale confiance en lui, en ses yeux rieurs, en sa sensibilité bourrue et je suis touchée qu'il fasse appel à moi pour la prise en charge de ce camp. Il dit être émerveillé par mon audace relationnelle et il m'est reconnaissant d'accepter cette collaboration : il sait bien que je ne porte ni les combattants ni les chefs de partis dans mon cœur. Je les rends directement responsables de nos misères et je trouve qu'ils retournent leurs vestes presque aussi souvent qu'ils changent de chemises.

Nous préparons ensemble notre camp en essayant de rendre les lieux qui nous hébergent plus accueillants. Notre lieu de vie est constitué d'un ensemble de baraquements abandonnés par l'armée au cours des aléas de la guerre. Emportée par l'ardeur communicative de Rony, je l'assiste dans l'opération ménage malgré mon peu d'enthousiasme pour la tâche. C'est même amusant de le voir s'attaquer aux excréments séchés dans les W. C. avec un bâton, en chantant à pleine voix toutes les mélodies qui lui traversent la tête. Des airs d'opéra aux chansons de guerre paillardes… tout y passe… jusqu'à ce que les toilettes deviennent impeccables.

Nos combattants arrivent donc dans des baraquements briqués par nos soins et s'installent à deux ou trois dans de petites chambres de plain-pied.

Les bagarres commencent dès le premier soir. Rony doit intervenir vigoureusement en empoignant les protagonistes par l'arrière du col et du pantalon et en les balançant illico par la fenêtre, comme dans les westerns. D'emblée, il gagne par cet exploit la considération de ces hommes qui respectent avant tout la force. Farès, l'un des premiers à avoir atterri à l'extérieur après un magnifique vol plané, conçoit pour Rony une confiance et une admiration proches de l'idolâtrie. Il tape du poing sur sa poitrine et il déclare : « *Toi, Rony, tu es mon ami et je t'aime ! Ta place est ici, dans mon cœur !* »

C'est ainsi que Rony assoit son autorité très rapidement : son intervention musclée, accompagnée d'un discours sur les raisons de notre présence à tous dans ce village de la montagne libanaise, met bien utilement les pendules à l'heure. Il me charge, par ailleurs, d'organiser le thème des veillées et d'animer la discussion. J'essaie de trouver des sujets adaptés à ces hommes qui ont vécu des mois durant à l'écart des normes : comment, par exemple, passer d'un quotidien de combattant à une vie ordinaire ? Réintégrer l'ordre social après avoir fait régner sa propre loi sur les champs de bataille, est-ce possible ? Quelles sont les difficultés majeures ? Comment et avec qui les travailler ? Quels souvenirs gardent-ils de la première personne qu'ils ont tuée au combat ? Quelles en sont les séquelles ?

Rony estime que je m'aventure sur des terrains minés, mais il respecte mon audace comme je respecte la sienne. Nous nous partageons les tâches en jouant sur notre complémentarité : lui fixe les limites et construit la confiance et moi je me risque sur les sables mouvants des émotions.

De tous les éléments à travailler, celui de la première personne tuée pendant le combat est le plus délicat. Nous l'abordons un soir assis en cercle autour du feu. Il fait nuit, les étoiles innombrables scintillent au-dessus de nos têtes, le silence est profond, épais, presque palpable, mais moi, je suis assourdie par les battements de mon cœur. J'espère que personne d'autre ne les entend. Je suis consciente de prendre des risques et d'en faire prendre au groupe en m'aventurant sur ce terrain dangereux. Je ne sais pas si ma voix tremble quand je lance, crispée, le sujet du partage.

Farès répond le premier avec l'impulsivité qui le caractérise : « *Je n'ai que 21 ans, mais dans ma vie de combattant, j'ai déjà tué beaucoup de gens. Je les ai tous oubliés. Je ne pense plus à eux. Ils sont enfouis dans un endroit inaccessible de ma mémoire.* » Après un long silence, il continue songeur : « *Je les ai tous oubliés, sauf le premier. Mon premier mort a pris la place de tous les autres. Je le revois plusieurs fois par jour et par nuit : c'était au cours d'une bataille dans un camp palestinien que nos troupes devaient vider progressivement : nous avancions maison par maison, bicoque par bicoque au son des cris, des hurlements et des pleurs. Je suis entré dans une petite cabane. Il était là, armé, mais il tremblait : il avait peur. Moi aussi. J'ai pris conscience en une seconde que ce serait lui ou moi. Je ne voulais pas que ce soit moi, je voulais vivre. Lui non plus, probablement, ne voulait pas que ce soit lui, mais il semblait tétanisé. Il me fixait dans les yeux, immobile, vaincu d'avance. J'ai profité de mon avantage : j'ai tiré le premier, à bout portant. Son sang a giclé sur le mur et sur moi, sur mon visage et sur mes mains. Il s'est écroulé, me regardant toujours, jusqu'à ce que ses yeux deviennent vitreux.* »

Farès fond en larmes. Il profère difficilement quelques mots entre deux sanglots : « *Il me fixe encore… toutes les nuits, je me réveille en sueur… avec son regard posé sur moi… qui me demande pourquoi… je ne sais pas quoi lui répondre ! Il y a eu d'autres morts après, mais je ne me souviens que de celui-là : il parle pour tous les autres ! J'ai beau me laver les mains, elles sont toujours souillées de son sang !* »

Il pleure, cet homme complexe, piégé par la violence, cet homme qui a eu le malheur d'avoir 18 ans au début d'une guerre civile. Nous sommes là autour de lui, silencieux, les yeux rivés sur le feu. Nous écoutons sa complainte, solidaires de sa culpabilité, de ses regrets, de ses remords. Ses gémissements s'élèvent doucement dans la nuit qui nous enveloppe tous de son manteau noir.

*

Elles sont fascinantes, les robes noires, tissées de rires et de larmes inexorablement mêlés. Elles me murmurent que le malheur est caché dans le bonheur, qu'il se nourrit de lui, le révèle et lui sert d'écrin. Elles me disent aussi qu'au fond du malheur le bonheur se tapit et attend son heure, patiemment. En les pliant avec respect, je découvre en dessous ma robe champêtre qui m'apparaît resplendissante de mille et une couleurs.

Chapitre 8

ROBE CHAMPÊTRE

L'Histoire a fait des montagnes du Liban un abri pour les persécutés du Moyen-Orient – et plus tard un lieu de villégiature pour ses nantis –, et de sa côte, un espace d'ouverture, de commerce et de travail. En période de paix, la population se déplace progressivement vers le littoral qu'elle déserte à nouveau quand les temps sont moins cléments. C'est ainsi que certains Libanais, tout en habitant Beyrouth, se retrouvent également propriétaires d'une maison de vacances d'un autre âge, dans la montagne, un refuge potentiel reçu de leurs aïeux.

Nous, la famille Aouad, faisons partie de ces chanceux inconscients. Chanceux d'être les héritiers bienheureux d'un petit havre de paix, et inconscients d'appartenir, dans cette région du monde qui se cherche et peine à se trouver, à une minorité fréquemment menacée.

Cet héritage ambigu se cache dans un village pittoresque : Toula, et la demeure que nous découvrons, est baptisée « *la chênaie* » par ma sœur Mireille à cause du très vieux chêne qui en garde l'accès. Mais bien qu'elle ait joliment affiché ce nom sur une pancarte, personne dans notre entourage ne l'adopte. La maison de Toula reste pour nous « la maison de Toula » et pour les villageois, celle d'Ibrahim fils de Kalim et père de Kalim, « *Beït Ibrahim, Ibn Kalim wou Abou Kalim* ». Dans cette région, une habitation porte le nom de son propriétaire mâle, de son père et de son fils. Que les épouses, les filles et les sœurs ne se hasardent pas à lui donner des noms saugrenus et français de surcroît.

Les murs, les recoins et les meubles de cette demeure familiale nous chuchotent tant d'histoires ! Ma grand-mère paternelle, Téta Geneviève, une vraie conteuse devant l'Éternel, complète par la parole le langage des « objets inanimés », qui selon le poète Lamartine, seraient dotés d'une âme. Après avoir soigneusement coiffé ses longs cheveux blancs, Téta m'invite à écosser les petits pois ou à trier les lentilles avec elle. Elle me promet en échange un conte ou le récit des aventures d'un membre de la famille ou du village. J'attends, au terme de chaque histoire, la litanie rituelle : « *Hkeyté hkita wou bi ebbek hattayta* » (« Mon histoire je te l'ai racontée, et en ton sein je l'ai mise ») qui signe la fin de la narration.

Téta Geneviève me parle souvent de mon grand-père, Kalim, son mari, le père de ses enfants. Il s'est consumé de passion pour sa première épouse, elle aussi nommée Geneviève, morte de faim avec leur fils Ibrahim au cours de la famine de 1915 pendant que lui faisait fortune aux États-Unis. Mon grand-père envoyait de l'argent à un cousin pour qu'il subvienne aux besoins de sa famille, mais ce dernier est parti avec un joli pactole, abandonnant dans la foulée sa propre femme et ses enfants[18]. Téta me raconte, tout en manipulant les lentilles de ses doigts experts, la dévastation qui a marqué le retour de mon aïeul au pays. Celle du Liban ravagé par la disette et par le joug ottoman et sa propre dévastation à la découverte de la cupide

---

18. Ma sœur Mimi a lu récemment aux États-Unis, chez une de mes tantes, ce qu'elle pense être le journal de mon grand-père. Elle y a trouvé une autre version des faits que celle que nous avions toujours entendue. La femme de mon grand-père l'aurait visitée aux États-Unis et y serait morte de tuberculose et ce sont ses deux enfants, un garçon et une fille et non un seul, qui seraient restés au Liban sous la garde du cousin. N'ayant pas de preuves que c'est bien le journal de mon grand-père, je suis restée fidèle à la version de ma grand-mère qui explique mieux le comportement de ce dernier.

trahison de ce parent qui a condamné à une mort atroce ceux qu'il aimait.

Fou de douleur et désirant continuer à prononcer le nom de sa bien-aimée, mon grand-père a erré tout un temps à la recherche d'autres femmes appelées Geneviève. Il a rencontré ma grand-mère et l'a épousée rapidement. Leur aîné, mon père, a reçu le même nom que le fils perdu : Ibrahim. C'est la version arabe d'Abraham, l'aventurier de Dieu, celui qui espéra contre toute espérance et qui se trouve à l'origine des trois religions monothéistes. Les six autres enfants qui ont suivi ont tous porté des noms occidentaux et moins chargés de sens. Oui, ma grand-mère a fini par donner sept enfants à un homme qui l'avait choisi pour son prénom ! Sa vengeance connue a été de négliger d'épousseter, sur le portrait du couple qui trône sur un mur, chez nous, à Beyrouth, le côté de la première femme de mon grand-père. Elle enlevait soigneusement la poussière qui osait recouvrir l'image de son mari, mais la laissait ensevelir la première épouse à la beauté immortalisée dans ce portrait.

Mon aïeul jouit encore aujourd'hui d'une réputation exceptionnelle. Il avait, paraît-il, un physique d'Hercule qui lui permettait de déclencher la cloche du village d'un seul bras, alors qu'habituellement, il fallait au moins un gaillard costaud pour le faire. C'était toujours une activité dominicale et masculine dans les premières années de nos vacances à Toula. Elle créait, après la messe, des attroupements animés autour de l'église.

Mon grand-père n'était pas uniquement un très bel homme et un excellent sonneur de cloches, il maîtrisait aussi, ce qui était rare à l'époque, la langue anglaise qu'il avait pratiquée aux États-Unis. À cela s'ajoutaient des talents d'architecte autodidacte : il avait construit lui-même, pierre par pierre, la maison de Toula. Cette demeure est formée d'une succession de caves voûtées sur le toit desquelles il avait greffé, un peu plus tard, trois chambres plus classiques. Ne connaissant rien à l'architecture, je me demande, chaque fois que je passe une nuit à Toula, comment ces pierres, qui forment un arc au-dessus de ma tête, sont maintenues à leur place. Pourtant, je me sens toujours bien dans cette maison biscornue. Si je m'y tiens tranquille, je peux même y entendre, parfois, mêlé au murmure des pierres, le souffle de cet ancêtre qui a marqué les lieux de son empreinte.

Cet homme, que je n'ai jamais pu appeler « *Jeddo*[19] » était aussi un entrepreneur et un

19. Grand-père.

commerçant, comme tout Libanais qui se respecte. Il avait ouvert la seule épicerie du village dans une des caves, ainsi qu'un moulin dans lequel les villageois des environs venaient moudre leur blé. Il était devenu également le propriétaire envié de la première voiture de la région. Mais, attentif aux besoins de son entourage et culpabilisé par cette fortune qui ne lui a pas permis d'éviter la mort de ceux qu'il aimait, il s'en était rapidement allégé en dépannant tous ceux qui lui demandaient de l'aide. L'argent lui brûlait les doigts et semblait provoquer en lui plus de dégoût que de convoitise ; il n'était à l'aise que lorsqu'il le donnait. Il le fit tant et si bien, qu'après l'accident de voiture qui lui ôta la vie, il ne laissa derrière lui que des propriétés hypothéquées. Dans un pays qui se remettait péniblement de la famine, Kalim, l'expatrié riche, de retour chez lui, n'avait su dire non à aucune sollicitation. Il léguait à mon père, âgé de seize ou dix-sept ans, la charge de ma grand-mère, de ses six enfants et une situation financière familiale des plus difficiles. Pendant les condoléances, les gens serraient la main de papa et lui rappelaient, à l'oreille pour les plus discrets, l'argent que le défunt leur devait. Personne ne lui a proposé de lui rendre l'argent reçu du père prodigue. Papa a dû tricher sur son âge pour pouvoir s'engager comme soldat dans l'armée française[20] et subvenir ainsi aux besoins des siens. Il a grimpé les échelons au mérite, de simple gradé, il est devenu officier. En 1943, il est passé de l'armée sous mandat français à celle toute nouvelle du Liban indépendant, avec la fierté de ceux qui vivent un tournant de l'histoire. Petit à petit, avec l'aide d'une de mes tantes qui s'est établie dans un mariage fortuné, il a levé les hypothèques qui pesaient sur les propriétés de Toula.

Nous passons donc nos vacances dans cette maison témoin de destins singuliers. Nos premiers séjours à Toula commencent après notre départ de Hammana. L'été est parfois suffocant à Beyrouth. Mes parents trouvent donc tout naturel de réinvestir, pendant la belle saison, la vieille demeure familiale. Toula se situe à près de sept cents mètres d'altitude au-dessus de la ville côtière de Batroun, au nord du Liban. Le climat y est agréablement tempéré.

C'est un coin si perdu que l'État n'a pas jugé urgent de le raccorder aux commodités modernes en même temps que les autres villages libanais. Les premières vacances passées à Toula, nous devions nous éclairer à la bougie et

---

20. Le Liban de l'époque était sous mandat français.

tirer l'eau du puits. Un peu plus tard, mon père a fait installer une pompe que nous actionnons à tour de rôle, tôt le matin, pour remplir avec l'eau de puits le réservoir aménagé sur le toit. Une fosse d'aisances à la turque, séparée de la maison, complète ce quotidien très sportif. Pas de porte aux « toilettes », mais un épais rideau de plastique rouge qui procure un semblant d'intimité et nous permet de faire des ombres chinoises quand on a envie d'embêter la personne qui s'attarde trop. Même les rouleaux de papier toilette ont l'air d'ignorer le chemin qui mène à Toula. Ils sont remplacés par des journaux découpés qu'on peut lire une dernière fois avant leur ultime utilisation.

Cette vie à la Robinson Crusoé est un enchantement pour mes sœurs, mon frère et moi. Nous retrouvons avec délice nos habitudes d'enfants sauvages que nous croyions avoir définitivement abandonnées à Hammana. À Toula, chaque geste d'un quotidien privé des commodités d'usage devient une découverte et une aventure. La nuit venue, nous créons des halos dorés un peu partout en allumant des bougies ou de vieilles lampes à huile qui auraient fait le bonheur d'un antiquaire.

Une partie de l'ameublement aussi d'ailleurs.

L'« *Abou*[21] » principal, est divisé en deux niveaux par une marche qui fait grogner Téta Geneviève chaque fois qu'elle doit la gravir. Le niveau haut, que ma grand-mère appelle la « *Mastbé* », est couvert de tapis et de coussins géants qu'on sort au soleil au début de chaque période de vacances pour les débarrasser de leur odeur de renfermé et de moisi. Nous pouvons ensuite nous y étendre au ras du sol, y paresser en lisant, ou en rêvant au passé si prégnant dans cette maison. Nous pouvons même nous installer à deux dans une immense armoire légèrement disjointe et bavarder longuement dans la pénombre favorable à notre imagination déjà fertile. C'est moins périlleux que de se réfugier dans une des deux superbes malles qui ont servi à rapporter les affaires de mon grand-père des États-Unis et qui sont munies d'étonnantes clés ouvragées. Ma sœur May utilise parfois cet emplacement surélevé comme estrade de théâtre et nous offre de temps en temps des envolées lyriques qui nous font béer d'admiration.

De l'aménagement dépouillé de la *Mastbé*, se dégage une impression d'espace et de fraîcheur, une authenticité qui installe sans prétention l'hier dans l'aujourd'hui.

---

21. Cave voûtée.

Le long du niveau bas court un « *diwan* » de plusieurs mètres. C'est une très longue banquette recouverte de coussins multicolores. Enfant, elle me paraissait immense. Ses bords sont ornés de chaque côté d'une magnifique boule en bois, toute ronde et toute lisse. J'aime en suivre les contours avec la paume de mes mains : je trouve ce geste très apaisant. Mon père aussi : je l'ai vu plusieurs fois, quand il s'échauffait en parlant politique, glisser sa grande et belle main sur la sphère qui marque le bout du *diwan* comme pour y chercher un réconfort.

De l'autre côté de l'interminable *diwan*, quelques fauteuils quelconques et une commode ancienne surmontée d'un vieux cadre qui a perdu son miroir biseauté d'origine. Papa, au cours de son adolescence, avait voulu savoir si une chèvre pouvait se reconnaître dans un miroir : il avait posé sa biquette préférée sur la commode face à son reflet. La chèvre a mal supporté cette confrontation, elle a donné un coup de corne à son image faisant voler en mille morceaux le miroir ainsi que les espoirs que mon père avait placés en elle. Ma grand-mère nous a répété des années durant, en commentant cet évènement, que la chèvre s'était probablement trouvée laide. Elle était convaincue qu'une gazelle n'aurait pas assené un coup de tête à son reflet. Mais elle n'eut pas la possibilité de nous prouver la justesse de sa théorie faute de gazelle et de temps. Le travail l'attend ailleurs, entre autres dans la cave voûtée qu'on appelle « la cave du milieu ». C'est le lieu le plus frais de la maison parce qu'il ne comporte pas de fenêtres donnant sur l'extérieur. C'est la cave nourricière qui abrite de quoi sustenter tous ceux qui viennent trouver refuge dans ce coin de montagne coupé des commodités du monde comme de ses tracas. C'est là que se trouve l'équivalent du réfrigérateur, une immense glacière dans laquelle on entrepose les aliments périssables. De gros blocs d'eau congelée, enveloppés dans de la toile de jute, y sont placés régulièrement. Au fond de la caisse, un trou assure l'évacuation de la glace fondue qui s'écoule dans une rigole, accentuant l'impression d'humidité et de fraîcheur. Tout au long du mur d'en face sont alignées de grandes jarres en terre cuite. Enfants, nous avons eu, un moment, la même taille qu'elles. Puis nous les avons dépassées, les laissant là, immuables, rondes et belles. Leur forme, d'une générosité parfaite, promet des goûts savoureux. Je m'amuse souvent à soulever les couvercles pour renifler les effluves qui s'en dégagent. L'odeur verte de l'huile d'olive, celle âcre du raisin en décomposition qui fournira du vinaigre, celle, épaisse, de petites olives du pays, les préférées de ma mère, et enfin le bouquet spécial d'un vin que Téta persiste à fabriquer en dépit du fait que tout le monde le trouve infâme. Dans des sacs de jute, surélevés du sol par une planche en bois posée sur deux pierres de taille, il y a des monceaux de fruits secs. C'est notre œuvre, elle nous remplit de fierté. Ma grand-mère nous emmène régulièrement dans le verger qui surplombe la maison, pour cueillir le raisin et les figues à l'aube. Nous en profitons pour nous régaler d'un petit déjeuner copieux de fruits frais, sucrés et couverts de rosée. Nous en rapportons chez nous dans des corbeilles en osier, puis nous aidons Téta Geneviève à ouvrir les figues, à égrener les grappes dorées, et à étaler le tout sur des clayettes au soleil. Quelle satisfaction de voir au fil du temps le résultat de notre agréable labeur dans la cave du milieu, prêt pour notre dégustation !

La pièce qui sert de cuisine s'étale, vaste et dépouillée. Le seul luxe qu'elle affiche, c'est un plan de travail en marbre, installé par mon grand-père pour faciliter les travaux quotidiens. Un récipient en zinc muni d'un robinet et repeint par Mireille est placé au-dessus de l'évier ; il est approvisionné chaque jour avec l'eau tirée du puits qui permet de faire la vaisselle et de se laver les mains. Les profondes niches creusées dans l'épaisseur de la pierre, ainsi que les larges rebords des fenêtres fournissent un espace de rangement naturel à des ustensiles venus d'un autre âge. Un garde-manger, généreux à souhait, occupe le mur principal. Ses parois grillagées laissent circuler l'air et protègent les aliments de la convoitise des insectes et des rongeurs. La vraie cuisine se mijote dehors, dans de grands chaudrons, sur un feu de bois. Les confitures aussi. Les pots de confitures d'abricots et de figues s'entassent dans la cave du milieu en prévision d'une éventuelle disette que ma grand-mère redoute plus que tout. Elle n'oubliera jamais, nous assure-t-elle, la famine de 1915 à 1918 qui avait emporté la première famille de son mari. Cette famine avait été renforcée par l'occupation ottomane, et parachevée par une invasion de sauterelles. Téta ne s'en est apparemment pas remise : elle surveille tout ce que nous jetons dans les poubelles et reprend avec indignation des restes d'aliments qui nous semblent irrécupérables.

« Ya Kird ! dit-elle. *Espèces d'enfants gâtés, vous n'imaginez même pas ce que c'est que la disette. Si vous le saviez, vous mangeriez vos pommes avec les trognons ! Moi je les ai vus, ceux qui mouraient de faim sur le bord de la route.* Ya kird ! *Qu'est-ce que c'est que ce morceau de pain sec que vous avez mis aux ordures ? Et les poules alors ?* »

Mimi et moi sommes continuellement titillées par les réflexions de notre grand-mère : nous dormons avec elle dans une des pièces du haut auxquelles on accède par un escalier extérieur fait d'énormes blocs de pierre. Pas de rampe à cet escalier. Au milieu, plusieurs marches semblent tenir dans le vide. Y grimper est donc une aventure en soi et arriver dans la chambre représente une victoire remportée sur les périls de l'ascension, surtout pour notre Téta !

Une salle agréable nous accueille à l'étage avec de grandes fenêtres qui l'inondent d'une lumière dorée tout au long de l'après-midi et de la soirée. Elle est contiguë à deux autres chambres, mais elle dispose d'une entrée indépendante bien commode pour les jeunes rentrant tard d'une veillée. L'ensemble est ouvert, côté est, sur une terrasse en béton donnant sur une montagne sauvage et pierreuse, « Dahr Obéïd », et du côté ouest, sur une plate-forme en terre battue avec vue sur le village qui nous observe de la colline d'en face. L'ameublement se réduit à l'essentiel : trois lits, une petite bibliothèque et un grand fil tendu entre deux cloisons qui sert de tringle pour pendre nos habits. Ce dépouillement extrême nous procure des espaces de fantaisie et d'expériences nouvelles, tel que le fait de devoir faire nos besoins dans des pots de chambre parce que les toilettes à l'étage sont inexistantes. Nous décorons notre pièce en peignant en grand le mot « VIVRE » sur l'un des murs. En rouge, jaune et orange, les couleurs de l'été. Nous nous lovons sur les larges rebords des fenêtres pour des heures de lecture. Les après-midis chauds incitent à la sieste et au farniente. Ces doux et longs moments d'inactivité, où le temps suspendu tremble dans un paysage écrasé par la chaleur, provoquent chez moi un émerveillement et une joie de vivre d'une rare intensité.

Le chêne majestueux, qui affichait déjà de l'âge à la naissance de mon grand-père, se transforme vite, lui aussi, en un lieu de jubilation. Il monte la garde au bout de la petite route qui mène à la maison. Les jointures de ses branches forment de nombreuses assises, non moins confortables que des fauteuils de salon. Mon frère, mon cousin et moi y passons beaucoup de temps à y croquer des grenades. Nous les ouvrons en les tapant sur la pierre de taille qui sert de banc au pied de l'arbre. Le goût légèrement acide des petites graines rafraîchit agréablement le palais. Nous pouvons en manger à profusion : un grenadier prolifique nous offre ses fruits aussi délicieux que salissants tout au long de la saison.

J'aime m'étendre dans le vieux chêne, entre deux branches, les pieds surélevés, et me plonger avec plaisir dans les aventures du Club des Cinq, du Clan des Sept, de Fantômette, ou d'Alice, jeune détective américaine. Je découvre *Anne et le bonheur.* Je m'identifie à cette petite rouquine courageuse jusqu'à rire et pleurer avec elle. Tous ces héros deviennent mes copains familiers, ils me tiennent agréablement compagnie, les longues heures d'été, dans l'arbre centenaire. Plus tard, j'y côtoie en cachette madame Bovary et lady Chatterley que ma mère m'a formellement interdit de fréquenter. Elle leur préfère Scarlett O'Hara, l'héroïne d'*Autant en emporte le vent.* Je ne découvre Jane Austen que des années après, sinon j'aurais sûrement passé de bons moments avec les sœurs Bennet entre *Orgueil et Préjugés.* Je regrette aujourd'hui de n'avoir pas eu l'occasion de présenter Harry Potter au vieux chêne qui aime tellement les visites de tous ces héros. Il bruisse de contentement, ravi d'avoir de la compagnie : peu lui chaut si la littérature de mon propre pays m'est plutôt étrangère et si je me cantonne aux livres distrayants !

Mon père a fait accrocher sur l'une des branches de l'arbre une balançoire. Quand l'envie de bouger me prend, je me mets debout sur la petite planche de bois en tenant les cordes des deux mains, puis j'imprime, d'une flexion de jambes, un mouvement à la balançoire, de plus en plus vite, jusqu'à avoir l'agréable sensation de voler. Je m'imagine atterrir chez mon amie Éva dont la belle maison se situe droit devant sur la colline d'en face.

Vers seize heures, après la sieste incontournable, la vie sociale reprend. Mes parents reçoivent des visites et nous sommes autorisés à sortir rencontrer les autres jeunes de la région. Nous explorons avec eux tous les arbres à fruits et tous les fruits des arbres. Nous inventons mille et un jeux. La nuit venue, le ciel étoilé et la lune laiteuse enveloppent la montagne d'une ambiance poétique, réveillant à la fois nos espoirs et nos inquiétudes. Nous marchons alors en grands groupes sur les routes du village en chantant. Notre répertoire est presque infini. Il englobe des chansons libanaises, spécialement celles de Fayrouz ou de Sabah, ou des airs d'autres chanteurs des pays arabes comme Farid El Atrache, Abdel Halim Hafez, ou Oum Kalthoum. Brel, Aznavour, Moustaki, Édith Piaf y ont aussi leur place ainsi que les incontournables Beatles, les Bee Gees ou même, pour les plus romantiques, Elton John. Les clairs de lune créent une atmosphère presque magique et nous font imaginer l'avenir de mille façons. Nos mélodies s'envolent vers les étoiles qui accueillent, impassibles et bienveillantes, les « *Ne me quitte pas* » que nous clamons à qui mieux mieux.

Quand nous allons vers la montagne de « Dahr Obéïd », nous marquons une pause sur un grand rocher qu'on appelle le rocher de Lamartine. La légende dit que le poète français s'y est assis pour contempler le village de Toula. Lamartine a aimé le Liban. Curieusement, il a laissé sa marque dans les deux lieux qui ont eu le plus d'importance dans ma vie. Hammana, où il a vécu : sa belle maison y existe toujours, et Toula, où en guise d'habitation, il n'a laissé qu'un rocher. En effectuant des recherches, je suis stupéfaite d'apprendre qu'il a aussi résidé à Achrafieh, dans le même quartier et dans la même rue que moi ! C'est à lui que les cèdres du Liban ont inspiré cette envolée lyrique :

« Aigles qui passez sur nos têtes,
Allez dire aux vents déchaînés
Que nous défions leurs tempêtes
Avec nos mâts enracinés.
[…]. »

C'est justement en pleine tourmente, alors que la guerre à Beyrouth atteint son apogée, que papa prend pour la première fois la décision de nous emmener à Toula en dehors des vacances d'été. Les forces libanaises ont programmé le « nettoyage » des camps palestiniens incrustés dans la région chrétienne, parce qu'ils encerclent et isolent cette dernière et rendent risqués les déplacements. Les affrontements sont féroces, les routes autour de Beyrouth dangereuses et les bombardements incessants. La nourriture commence à manquer dans nos quartiers et l'issue des combats semble aussi lointaine qu'incertaine. Un jour où nous sommes tous rassemblés dans l'entrée – privée d'électricité – de notre appartement de Beyrouth, nous demandant s'il nous faut ou non descendre dans l'abri, papa, pris d'une inspiration soudaine, déclare : « *Nous ne pouvons pas continuer comme cela. Nous ne savons pas combien de temps cette bataille va durer : allons à Toula !* » Tout à coup, le vieux chêne fait irruption dans la pièce où nous nous tenons, et avec lui le puits, la *Mastbé,* le calme et le silence des caves voûtées. La proposition paternelle remporte immédiatement l'adhésion de sa progéniture, mais pas celle de sa femme qui trouve le trajet trop dangereux. Après une courte discussion avec maman et des bagages vite faits, papa nous embarque en voiture et nous nous retrouvons à tenter un départ d'Achrafieh sous les bombardements. Les rues figées sont désertes. Nous retenons notre respiration de peur que celle-ci n'attire d'éventuels obus. Ma mère récite son chapelet à voix basse. Elle fait le vœu d'aller pieds nus à Mar Charbel si nous nous en sortons indemnes. L'ermitage où a vécu et est mort le saint moine se trouve tout en haut d'une montagne du Nord, non loin de Toula. Une fois la zone critique traversée, pendant que nous longeons la baie de Jouniyeh qui semble tout ignorer de la guerre, maman commence à se demander à quoi exactement elle s'était engagée. À partir d'où avait-elle promis d'aller pieds nus ? À partir de la moitié du sanctuaire, ou à partir du bas ? Papa la taquine en décalant progressivement son point de départ : « *Sonia, je crois t'avoir entendu dire que tu démarrerais ta marche pieds nus à Toula.* » Un peu plus tard il rajoute : « *Peut-être même que tu as parlé de débuter à Achrafieh.* » Nous sourions en les écoutant, heureux d'être témoins de la persistance de leur humour.

Au fur et à mesure que la voiture s'éloigne de Beyrouth et grimpe vers Toula, nous nous décrispons et nous osons respirer normalement. Nous laissons nos regards glisser sur les courbes douces des montagnes, les troncs noueux des oliviers et les petits clochers en pierre.

Reste à espérer que la guerre ne trouvera jamais le chemin de Toula.

*

Elle sent le thym, l'olive et le vieux chêne ma robe champêtre. C'est la robe de la transmission dans ce qu'elle a de plus subtil et de plus fragile. On se la passe de génération en génération pour garder en mémoire ceux qui nous ont précédés : ils ont sué sang et eau pour construire leur vie, pierre par pierre.

Chapitre 9

LA CUIRASSE LÉZARDÉE

« Ils ont coupé le vieux chêne ! »

« Ils ont arrêté Henri, votre neveu, qui passait par là. »

« Ils l'ont frappé sur la plante des pieds. »

« Henri est hospitalisé : il ne tient plus debout ! »

« Ils ont forcé les portes de votre maison. »

« Ils se servent dans vos placards… »

« Ils », ce sont les soldats syriens. Par prudence, pour les désigner sans les nommer, nous leur donnons des surnoms affectueux. Nous disons : « nos frères », « nos cousins », « nos voisins », « nos amis » ou « ils » tout simplement. Après avoir discrètement alimenté les divisions, « ils » entrent au Liban comme force d'interposition et y restent comme force d'occupation, vainqueurs non déclarés de notre guerre[22]. Quand « ils »

22. Les gens du sud du Liban sont plus marqués par les invasions israéliennes de 1978, 1982 et 2006 que ceux du nord qui ont plus souffert de la présence syrienne.

arrivent à Toula avec leurs camions, leurs tanks et leur thé à la menthe, plus personne ne se fait d'illusions sur leur désir d'arbitrage. On les accueille comme on accueille une armée ennemie, terrés dans les caves. Seuls Charbel et Jeannette, les deux personnes trisomiques du village, vont à la rencontre de ces étrangers armés, avec un regard candide et un sourire de bienvenue, vestiges innocents d'une fraternité oubliée.

Ce récit nous est livré par des hommes de Toula qui font irruption un matin de printemps dans notre appartement à Beyrouth. En leur ouvrant la porte, je perçois leurs mines sombres, porteuses de mauvaises nouvelles. Anxieuse, je les introduis dans le salon où mon père les accueille. Papa les écoute assis dans son fauteuil habituel. Il bourre sa pipe avec précision, l'allume soigneusement, aspire une bouffée comme si c'était de l'oxygène et exhale la fumée en la suivant du regard. Dangereusement calme. Ce n'est pas mon cas : la tension me tient debout, l'angoisse me mord et s'agrippe à moi comme une bête enragée.

J'écoute ces hommes raconter. J'observe mon père qui voit lui échapper ce qu'il a mis des années à reconquérir. Il a investi tant d'énergie, d'argent et d'espoir dans cette maison, pour la moderniser tout en lui gardant son âme, pour lui permettre de rester un lieu vivant, vibrant, un lien entre les générations.

Des coups de hache dans le vieux chêne, les branches qui nous accueillaient tombent, les feuilles crissent en atterrissant sur le sol. « Ils » s'attaquent au tronc rassurant, témoin du temps qui passe. Il résiste. « Ils » continuent, ont raison de lui. Mon cousin Henri les « espionne » silencieusement. « Ils » l'arrêtent, le questionnent. Il a l'audace de la jeunesse, il leur répond crânement. « Ils » lui infligent leur supplice préféré, une bastonnade sur la plante des pieds. Henri est étendu sur un lit d'hôpital, puni d'avoir osé une réplique impertinente. Il a mal, il ne sait pas s'il va retrouver l'usage de ses jambes.

Des coups de bâton sur les pieds d'Henri, des coups de hache dans le chêne, le chêne tombe, mon chêne tombe. Moi aussi je tombe. Je ne supporte pas la violence des coups de hache, des coups de bâton. Je tends les mains pour me raccrocher à quelque chose. Je ne trouve rien. Il n'y a rien à quoi me raccrocher, tout s'effondre. Mes jambes se dérobent sous moi, je dégringole dans un trou sans fond… je rejoins Henri, par terre, je rejoins mon arbre déchu. J'entends, très loin, la voix de mon père, on me soulève, on me dépose sur un canapé, on me donne de l'eau de fleur d'oranger, j'entends mon prénom… je ne réponds pas. Je suis morte, comme mon chêne. Je l'accompagne, je pars avec lui, avec les jours de paix, avec les jours où tout était possible, où demain était porteur de lumière. Je m'en vais.

« *Syncope vagale* », dit le médecin à mon retour à la réalité. Il me conseille de m'asseoir dorénavant pour recevoir les mauvaises nouvelles. J'y veillerai, car je suis plus qu'embarrassée par cet étalage de faiblesse.

Nous accomplissons par la suite plusieurs voyages à Toula, ce qui nous permet de voir notre maison et les terrains alentour se détériorer petit à petit. Les soldats syriens nous y accueillent comme si nous étions leurs invités. Ils nous offrent, dans une tasse unique à la propreté douteuse, du *maté,* une boisson abondamment sucrée à laquelle ils rajoutent de la menthe. Il paraît que c'est bon pour la santé. Je doute que ce soit bon pour la nôtre. Nous nous passons la tasse comme un improbable calumet de paix. Kalim et moi accumulons mentalement, en vue de les comparer ensuite, les adjectifs que nous pourrions attribuer à ce breuvage : immonde, doucereux, écœurant, dégoûtant, piégeant. Nous échangeons des regards complices tout en écoutant ces jeunes recrues nous parler de leurs familles qui les attendent en Syrie. La vie nous propose une leçon de diplomatie et nous sommes stupéfaits de découvrir à quel point cette dernière est proche de l'hypocrisie. Même papa s'y met. Il tente d'établir des relations avec « *ces pauvres bougres loin de chez eux* ». « *Ils exécutent les ordres, ils ne les donnent pas* », explique-t-il. Mais les troupes sont changées régulièrement pour éviter qu'elles ne tissent des liens avec la population. Chaque nouvelle unité s'approprie un peu plus la demeure et son contenu. Mon père essaie vainement de rencontrer les officiers, beaucoup moins abordables que leurs hommes, mais ces derniers gardent leurs distances et fuient ce gradé de l'armée libanaise qu'ils volent sans états d'âme.

À l'occasion de l'une de nos visites, au cours de l'arrêt au barrage syrien qui contrôle l'accès à notre maison, Mireille manque de s'étrangler en voyant un des soldats emmitouflé dans son magnifique pull à col roulé vert, celui-là même qu'elle a toujours refusé de me prêter. Elle le regrette maintenant. Si elle me l'avait confié, elle aurait pu le récupérer puisque c'est moi qui l'aurais eu sur le dos et non le soldat syrien. Nous en discutons avec un humour noir tandis que la vieille Mercedes grimpe péniblement le petit chemin, celui qui mène à ce qui fut « chez nous ».

Papa s'arrête à côté de l'espace vacant laissé par le chêne massacré. Ce manque provoque immédiatement un silence vibrant dans la voiture. Nous souffrons de l'absence de l'arbre comme on souffre d'un membre amputé. Notre chêne ! Ses racines, toujours présentes dans le sol, sont aussi inutiles que les nôtres. Elles plongent dans la terre, mais ne nourrissent plus que le vide… et la rancœur.

Ces visites en territoire occupé deviennent de plus en plus pénibles. À peine une relation de confiance est-elle établie avec une unité que celle-ci s'en va. Elle emporte avec elle une partie de la maison : de la vaisselle, des habits, de petits appareils. Puis vient le tour du gros électroménager et des meubles, que les soldats chargent carrément dans leurs camions. Mon cousin Henri ne les surveille plus ; il soigne les plantes de ses pieds sérieusement endommagées par le supplice syrien. Même les volets et les câbles électriques tant attendus sont arrachés, ainsi que la tonnelle en fer qu'avait joyeusement colonisée une vigne exubérante. Déchue de son trône, celle-ci gît sans support… Pitoyable. Papa essaie en vain de récupérer le sabre ancien de son grand-père, mais il a beau parlementer, le sabre disparaît dans l'immensité de la Syrie voisine, notre grande sœur envahissante et despotique.

J'accompagne un jour mon père pour un constat des derniers ravages.

Rien ! Il ne reste plus rien !

La désolation a atteint son point culminant. Des caves complètement vides. Des fenêtres béantes. Des excréments par terre. Des graffitis aux murs nous expliquant, au cas où nous ne le saurions pas encore, que l'armée syrienne est passée par là. Merci pour le renseignement. Le « *diwan* », trop long pour être emporté, a servi de combustible. L'une des boules de bois qui le décoraient gît sur le sol. À côté, toutes enchevêtrées, comme les cheveux en désordre d'une femme violée et devenue hystérique, s'étalent les pellicules déroulées des films sur lesquels papa avait voulu fixer des moments de bonheur. Elles sont irrécupérables. La caméra, tout comme l'appareil de projection, a bien sûr disparu. Dans la « cave du milieu », les grosses jarres, trop fragiles pour être emportées, ont été éventrées avec les crosses des fusils. À l'étage, sur le mur de notre chambre, le mot « VIVRE » que Mimi et moi avions peint s'affiche toujours en jaune, orange et rouge. Injonction survivante au sinistre…

« *Ne t'inquiète pas,* Jeddo », s'exclame Hani, le fils de May et Tanios, en courant sous les voûtes. « *Vous aviez dit qu'il ne restait plus rien… mais ce n'est pas vrai,* Jeddo ! *Regarde ! Il reste les murs !* »

Remarque judicieuse d'un enfant de la guerre, qui avait observé au cours de ses déplacements le grand nombre de maisons et d'appartements soufflés par les explosions. Nous devrions peut-être nous estimer heureux que ce fût une armée d'occupation qui soit passée par là plutôt qu'un obus, qui aurait tout détruit de la patiente et minutieuse édification de mon grand-père.

Aussi cruelle que se révèle être cette réalité, elle m'est moins insupportable que ce que je m'étais imaginé en écoutant d'autres m'en parler. Être présente au désastre, c'est me situer face à lui, le voir, le sentir, le toucher et me rendre compte avec étonnement que je lui survis, que j'existe toujours, que je suis…

Papa ne retournera plus à Toula. Il prend acte des menaces à peine voilées des officiers syriens ainsi que de sa propre impuissance à contrer les évènements. Il loue, certains étés, un chalet en bord de mer, à Amchit, où nous allons nous réfugier quand les bombardements ou la chaleur de Beyrouth nous deviennent insupportables. Ma sœur Mireille y apprend à nager, maman s'y essaie, et moi, je pique une tête tous les matins, très tôt, dans la grande bleue accueillante et calme… je glisse dans l'eau avec délice, débarrassée de mes habits et de mes soucis. Se dissoudre dans les flots, se laisser porter, envelopper, bercer par eux. Regarder l'horizon sur lequel se découpent les silhouettes des pêcheurs avec leurs cannes. Amchit et sa mer, la paix retrouvée, la beauté offerte. Faire le plein. Faire le plein d'espace, de détente et de silence et prendre ensuite, quand la situation le permet, le taxi collectif vers Beyrouth pour rencontrer « mes » familles à Caritas, où, de stagiaire assistante sociale, j'ai été promue salariée sans même m'en rendre compte.

Il m'arrive, au cours de la semaine, de passer la nuit à Beyrouth pour être sur place le lendemain pour mon travail. Ma sœur Mireille en fait de même, la banque qui l'emploie se situe à Achrafieh, pas loin de chez nous. Nous ne coordonnons pas nos présences, mais laissons plutôt nos envies, nos programmes et les aléas militaires en décider. C'est ainsi que Mireille arrive un beau matin au pied de l'immeuble où se trouve notre appartement, persuadée que j'y avais dormi. Elle découvre dans le hall d'entrée du bâtiment, l'effondrement partiel d'un côté de l'édifice provoqué par un obus qui l'avait embouti pendant la nuit. Les dégâts sont considérables. Une impression de fin du monde se dégage du tout. Ma frangine est prise de panique à l'idée que je me trouve probablement dans l'appartement, morte ou mal en point. Elle pique une crise de nerfs et se met à crier mon nom à tue-tête en pleurant. J'avais passé la nuit à Amchit pour aider ma mère à emménager dans le nouveau chalet, je suis donc surprise de découvrir, en arrivant chez nous, les ravages causés par les bombardements nocturnes et ma sœur effondrée et prête à m'enterrer. Je lui tape sur l'épaule et lui dis : « *Dis donc Mireille, je n'imaginais pas que tu m'aimais autant !* » Elle se retourne brusquement et nous nous retrouvons l'une en face de l'autre, sidérées, ne sachant pas très bien si la scène que nous jouons s'avère comique ou dramatique. Un fou rire nerveux, que nous n'arrivons plus à contenir, nous saisit alors, il se mêle à nos larmes nous faisant réaliser que la mort qui plane au-dessus de nos têtes n'a pas encore frappé. Nous sommes soulagées de ce sursis qui relativise les désastres matériels. Nous enjambons les gravats avec légèreté en multipliant les blagues et empruntons les escaliers encombrés de débris pour entrer enfin dans notre logement et évaluer l'étendue des dommages.

C'est l'appartement de monsieur Baroud que l'obus a percuté, une fois de plus, mais du côté est et en explosant cette fois-ci. Heureusement, sa famille et lui étaient absents. Contrairement à ce que Mireille avait cru, notre propre appartement n'est pas très atteint. Toutes les vitres de nos chambres à coucher ont volé en morceaux, et la rambarde du balcon a changé de forme, sculptée par les éclats d'obus. Dans la salle de séjour, la grosse télévision a été éventrée et projetée au milieu de la pièce par le souffle de la déflagration. Le canapé-lit de Téta, qui dort habituellement dans le séjour, est couvert de débris de verre, de gravats et des fragments du téléviseur. Mais les pièces situées à l'ouest, salons, salle à manger et cuisine, sont intactes. Les dégâts sont minimes par rapport à ce que nous avions imaginé. Je me félicite quand même d'avoir volé au secours de ma mère la veille, pour l'aider à emménager le nouveau chalet d'Amchit. Je suis intimement convaincue que, si j'avais dormi dans l'appartement, mon cœur, tout comme le poste de télévision, n'aurait pas résisté à la violence de l'explosion. Ma grand-mère, quant à elle, a été placée dans une maison de retraite, le chalet d'Amchit étant trop petit et inadapté à une personne de son âge. Ce qui vient d'arriver confirme la sagesse de cette décision qui a été pénible à mettre en œuvre pour mes parents et difficile à accepter pour Téta. La laisser seule à Beyrouth aurait été tout aussi dangereux que de la déposer, comme elle le demandait, à Toula, en compagnie des soldats syriens qu'elle veut absolument persuader de quitter les lieux. Elle affirme avec insistance à mon père qu'elle saurait s'y prendre mieux que lui, « *Ya Kird !* ». Nous nous sentons tous vaguement coupables d'abandonner ainsi Téta loin de sa « cave du milieu », de ses poules, de ses vignes et de ses figuiers. Comme si nous étions responsables des évènements qui nous submergent comme un torrent tumultueux.

Oui, le courant qui nous emporte est violent. Garder la tête hors de l'eau, m'accrocher à ce qui passe par là… des cours de ballet classique pour adultes dans notre quartier ? Super ! Je vais réaliser mon vieux rêve de danser le Lac des cygnes. Un homme qui me donne l'impression que mon amour va lui sauver la vie, alors j'essaie de la lui sauver, au risque de perdre la mienne. Des séances de yoga dispensées par une voisine, allons voir ! Monter un groupe de non-violence après la visite d'Hildegard Goss-Mayr ? J'embarque dans l'aventure, au grand désespoir de mon père. Des camps de vacances pour les enfants de « mes » familles ? J'en fais partie, bien sûr !

Bien sûr… je continue à vouloir sauver le monde… l'étau se resserre pourtant sur moi. Je me débats. Je multiplie les activités. Je mets du temps pour comprendre que la non-violence est, pour le moment, impossible dans ce pays où fourmillent les groupuscules armés, que le Liban n'est pas encore prêt à cela, que m'exposer bravement, en signe de protestation, aux tirs des uns ou des autres ne servirait qu'à affliger les miens, que l'histoire d'amour que je vis vire au cauchemar, devient destructrice pour moi, que la désespérance s'infiltre dans les replis de mon être... et que, finalement, j'ai déjà dépassé l'âge limite pour commencer une carrière de ballerine. À cause de mon appartenance religieuse et de la sensibilité politique de mon père, je suis emprisonnée dans le petit cercle chrétien parmi mes pairs, réduite à vivre dans ce clan où la répétition des mêmes slogans est de rigueur, comme elle l'est dans le clan d'en face, chez « les autres », nos ennemis. Si l'enfer existe, il doit ressembler à ce que je subis actuellement : enfermement dans une enclave à la pensée unique avec interdiction de se démarquer, impossibilité d'en sortir, incapacité d'assumer la mixité des points de vue, d'ébaucher un dialogue. L'enfer c'est l'interdiction de penser autrement, c'est tuer celui qui ose le faire. Sommes-nous en train de bâtir nos petits enfers respectifs pierre par pierre, de nous y serrer pour y vivre un conformisme ennuyeux à en pleurer ? Cette attitude a le mérite de nous épargner le moindre effort de réflexion ou de compréhension. Faut-il payer si cher une illusion de sécurité ?

Petit à petit, je découvre avec étonnement que ce qui me fait du bien n'est pas cet activisme que je cherchais à tout prix. Je le constate quand je me glisse dans le silence avec reconnaissance, quand je trouve du plaisir à être seule, quand je me pose à la messe pour y accueillir calme et transcendance, quand je respire… avec joie… et dénoue consciemment les crispations de mon corps causées par les bombardements. Je ne reconnais plus mes goûts ni mes dégoûts. Je cherchais frénétiquement la justice dans le monde et la paix dans mon pays, mais je réalise que c'est à la sérénité de l'âme que j'aspire, profondément. Cet apaisement, qui me semble bien égoïste, est pourtant aussi menacé que celui de la nation, mais par d'autres envahisseurs. Une colère explosive comme les obus, une angoisse rampante comme une armée d'occupation, une révolte sourde de peuple humilié et nouvellement le désespoir… À quoi le comparer ? À une guerre qui dure trop longtemps peut-être. Que faire avec tout ça ? Par où commencer à déblayer ? J'aurais besoin de toute une vie pour y mettre un peu d'ordre ! Du temps, du calme…

Ce n'est pas ce que me proposent ces mois d'août et de septembre 1983. Les Syriens nous bombardent sans arrêt. Les Israéliens se retirent de la montagne du Chouf sans crier gare, causant plus de torts par leur retrait qu'ils n'en avaient provoqué par leur invasion. En effet, ils laissent brusquement les forces chrétiennes, leurs alliées du moment, assumer les conséquences des brimades qu'elles avaient fait subir à la population. Celle-ci ne tarde pas à se venger, non seulement sur les combattants, mais aussi sur les civils chrétiens. On ne compte plus les victimes ! Les hommes, les femmes, les enfants, les vieillards. Tout le monde y passe ! Et la vie y perd son sens, et la mort également. Dieu semble absent, mais nous indubitablement présents, sans aucune possibilité de fuite. Nous sommes les spectateurs impuissants du *massacre des Innocents,* de celui des coupables, de l'effondrement de l'espérance et de la notion même d'humanité. À la radio, notre seul lien avec l'extérieur, le journaliste annonce qu'à Beyrouth « *il n'y a plus d'eau, plus d'électricité et plus d'espoir* ». Mon frère et moi reprenons cette phrase en y ajoutant les détails de notre vie quotidienne : nous confirmons que oui, nous faisons notre toilette avec le contenu d'une bouteille d'eau minérale, à la lueur des bougies et au son des bombardements. Alors que le soleil brille au-dehors, nous traînons tous un teint verdâtre. Papa, trop optimiste, n'a pas jugé nécessaire de louer un chalet à Amchit. Il le regrette. Toute la famille le regrette, mais c'est trop tard pour faire marche arrière. Nous sommes pris comme des rats dans une ville assiégée par les obus. Le hâle couleur de miel, les baignades dans une mer paisible, tout cela nous semble si lointain ! Toula est inaccessible. Nous ne savons plus à quoi ressemble le silence, car il n'y a plus de pauses entre les bombardements. Il me faudrait un jour tous les silences du monde pour me guérir du fracas de cet été et de cet automne 1983.

Un après-midi, vers la fin du mois de septembre, il se produit pourtant ce calme tant attendu, à l'improviste, tout à coup. Kalim me propose une balade en voiture. Il se met au volant de la vieille Mercedes de papa et nous arrivons au bord de la mer en un clin d'œil : les routes et les rivages sont désertés, car les gens terrés chez eux n'osent pas encore sortir. La plage ne s'offre qu'à nous. Mon frère et moi restons côte à côte, à regarder le soleil se coucher tandis que les vagues viennent mourir à nos pieds, inlassablement. L'espace, le calme, la nature… nous y goutons avec délice. En fixant l'horizon, je pense pour la première fois à partir. Partir pour un lieu où le silence ne serait pas un luxe, où la parole serait encore possible, où la rupture sentimentale nécessaire à mon équilibre serait moins difficile à vivre que dans la petite enclave chrétienne où nous sommes confinés. Huit ans de conflits continus c'est assez, c'est presque autant que les deux guerres mondiales réunies. Il est temps pour moi de passer à autre chose.

Je me souviens alors de l'invitation d'un homme avec qui j'avais eu un long entretien au cours d'une retraite spirituelle, le printemps dernier. C'est un Canadien de deux mètres de haut qui se nomme Jean. Vingt ans plus tôt, il avait fondé dans un petit village de l'Oise appelé Trosly-Breuil, en France, près de Compiègne, une communauté accueillant des personnes avec un handicap mental. Durant cette retraite, j'avais examiné ma vie et décidé de quitter mon travail qui alimentait ma désespérance, de postuler ailleurs, un « job » avec des jeunes ou des enfants de préférence et de rompre ma relation amoureuse devenue toxique.

Mais j'avais alors décliné son invitation. « *Viens dans la Communauté de l'Arche à Trosly,* m'avait-il dit. *Tu y trouveras à la fois l'attachement aux traditions que défend ton père, le sens du partage et de la fraternité qui t'attire tant chez ton beau-frère.* » Il me proposait une synthèse aussi improbable qu'intéressante entre les idéaux de la droite et ceux de la gauche et répondait de ce fait même à mes vieilles interrogations. Mais je ne voulais pas quitter le Liban et j'invoquais toutes les excuses imaginables pour justifier mon manque d'enthousiasme.

Mais en ce sombre mois de septembre, l'inenvisageable me paraît tout d'un coup non seulement possible, mais souhaitable. Je démissionne de Caritas, signe un accord pour un travail d'animation avec les adolescents dans un quartier de familles déplacées et profite du fait que mes nouvelles fonctions ne commencent pas avant le printemps pour préparer mon voyage. Ma sœur Mimi, qui a quitté le pays depuis belle lurette déjà, vit actuellement en France où elle compte se marier bientôt. J'ai plusieurs amis dans ce pays dont j'adore la langue : je n'y serai donc pas seule, et je m'y trouverai moins désorientée qu'ailleurs.

« *D'habitude, je n'encourage pas les jeunes à partir,* me dit le jésuite qui m'accompagne. *Mais dans ton cas, c'est différent… Va… va te refaire une espérance au loin, et reviens-nous quand tu seras prête !* » Quant à mon père, il me dit qu'avec le prolongement de la guerre, il ne se sent pas le droit de me retenir. Je crois aussi qu'il est soulagé de me voir m'éloigner : mon côté casse-cou l'inquiète et comme je lui ressemble, il perçoit mieux que d'autres la fragilité de ma cuirasse.

Partir donc… c'est tout de même mourir un peu. Ranger mes affaires, mes habitudes, mes relations, ranger mes affections et toute mon existence dans ma valise qui, bien qu'énorme, me paraît minuscule. Et partir. Comme Peau d'âne, emporter dans un baluchon de fortune les robes couleur de ma vie, de mon pays.

Trois semaines plus tard, l'aéroport de Beyrouth étant inaccessible, j'embarque sur un bateau du port de Jouniyeh vers Larnaca, d'où je prendrai un avion pour Paris. Debout sur le pont du navire, je regarde les lumières de mon pays s'éloigner, puis se fondre dans la nuit.

Chapitre 10

PEAU D'ÂNE

Il fait nuit quand j'arrive à la gare de Compiègne en ce 13 décembre 1983. Il pleut, il fait froid, personne ne m'attend.

Je serre mon manteau autour de mon corps et reste debout sur le quai, ma valise à mes pieds. Les « autres » me frôlent et me dépassent. Je scrute leurs visages, des visages étrangers, marqués d'une autre fatigue que celle du peuple libanais que je viens de quitter.

Je me souviens qu'Odette, l'amie française de ma mère, nous avait raconté que la gare de Compiègne avait été le lieu d'embarquement de dizaines de milliers de juifs vers les camps de la mort. Je les imagine s'en aller d'ici, entassés dans des wagons, arrachés à leurs foyers, leurs relations, leurs habitudes, emportés vers l'intolérable. Ceux qui ont survécu à l'horreur des camps de concentration arrivent en Palestine à la recherche d'un « chez eux », rejoignant les partisans d'un État d'Israël qui prend corps. Les Palestiniens, chassés de leurs maisons, se dispersent dans les alentours et au Liban où ils s'installent dans des baraquements de fortune. Soutenus par certains pays arabes, ils y accumulent un arsenal de guerre en vue de récupérer leur terre. Cette attitude belliqueuse réveille au Liban des peurs ancestrales, menace son fragile équilibre confessionnel et divise les politiques quant à la stratégie à adopter. Les uns et les autres, inquiets, s'arment en catimini, pour le cas où. Les tensions s'exacerbent, la première étincelle met le feu aux poudres, le pays s'enflamme. Le régime syrien alimente sciemment l'incendie afin de pouvoir mieux jouer au pompier pyromane et justifier sa présence sur le sol libanais. L'État d'Israël est prêt, lui aussi, à jeter de l'huile sur le feu pour défendre ses frontières. Bientôt, les morts et les blessés ne se comptent plus. Mon pays, le Liban devient invivable. Je pars… et je me retrouve à la gare de Compiègne.

Je ne suis qu'une toute petite pièce dans ce cruel jeu de dominos qui nous fait tomber les uns après les autres. Dans le désarroi qui suit le déracinement, j'expérimente l'universalité de la souffrance qui nous unit, nous tous qui sommes séparés par les guerres, les bras de fer politiques et la sauvegarde de nos territoires.

Il se trompe celui qui croit ne pas être concerné par les soubresauts du monde. Il est saisi d'étonnement quand les évènements lointains vus à la télévision arrivent à sa porte. Tous les murs, toutes les crispations identitaires, tous les aveuglements ne nous empêchent pas d'être reliés les uns aux autres et de subir (ou de faire subir à nos enfants), tôt ou tard, les conséquences du mal qu'on a laissé s'installer loin, bien loin de chez nous.

Déracinée, je fais partie désormais moi aussi des populations exilées, de celles qui suscitaient ma compassion quand j'étais chez moi, citoyenne légitime, citoyenne à part entière. Que faire du temps qui m'attend dans cette société dont les usages me sont inconnus ? Saurai-je passer de la survie à la vie, me détendre, refaire confiance ? Comment retrouver le goût de vivre, l'ambition, alors que j'ai déjà perçu dans l'éclair du départ, la vanité et la fin inéluctable de toute chose ?

Jour après jour, en découvrant mon environnement, je prends conscience avec étonnement du stress que j'ai accumulé, de la souffrance que j'ai côtoyée. Celle de mon père, celle des hommes et des femmes que j'ai accompagnés dans mon travail, la mienne, celle de mon pays et de cet Orient qu'on qualifie de « Moyen ». Bronchites et angines à répétition, fatigue… mon corps exprime un chagrin qui n'arrive pas toujours à franchir mes lèvres.

Je me rends souvent chez le père Thomas, vieux dominicain cofondateur de cette communauté de l'Arche qui m'accueille. Tout en réceptivité, il sert de dépôt à ma peine. Il a beau être à moitié sourd, il m'écoute ; il a beau ne pas m'entendre, il me comprend ; il a beau avoir été accusé par la suite d'abus, il me respecte. Si comme tout un chacun il est fait d'ombres et de lumières, je n'expérimente, heureusement, que sa part de lumière. Je trouve chez lui la bonté, l'accueil et la bienveillance dont j'ai besoin.

Il m'exhorte à la confiance à la fin de chaque entretien : perçoit-il que ce mot m'est devenu complètement étranger ? Je le répète en essayant de lui découvrir une signification, une résonance quelconque. Confiance en qui, en quoi ? Le monde semble si peu digne de confiance ! Les dictateurs du Moyen-Orient sont soutenus ou abandonnés en fonction des intérêts occidentaux et aux dépens des populations sur place ; mon pays se disloque depuis des années, ses villes et ses villages sont bombardés ; les voitures piégées explosent au coin des rues, les francs-tireurs embusqués sur les immeubles visent tout ce qui bouge ; les avions israéliens traversent impunément notre espace aérien, franchissant le mur du son, nous faisant sursauter à chaque passage ; les soldats syriens pillent nos demeures ; la question palestinienne attend en vain une solution depuis des décennies, elle exacerbe les fanatismes et sert de prétexte au terrorisme ; les camps palestiniens ont délaissé depuis belle lurette leur statut de « provisoires » pour s'installer dans la durée ; les chefs de guerre retournent leur veste au gré de leur convenance, de leurs intérêts et de leur appétit de pouvoir, ils trouvent toujours des crétins pour les suivre aveuglément et perpétuer ainsi la division du pays ; le nombre de réfugiés augmente, les gens quittent leurs maisons, perdent leur conjoint, leurs enfants, leurs frères… leur confiance…

Comment la retrouver cette impossible confiance ?

Je me sens donc étrange dans ce lieu où tout le monde parle d'amour, de paix, de pardon, de « vivre-ensemble » dans le respect des différences. Je suis douloureusement consciente que bien que ces attitudes soient indispensables à la survie de l'espèce humaine, elles n'en sont pas moins difficiles à vivre. Leur application s'apparente, dans des situations comme celle que je viens de quitter, à un choix risqué et ardu de solutions pacifiques ou à un don miraculeux que l'on accueille avec reconnaissance. Si l'exigence parfois héroïque de ces paroles pouvait transparaître dans leur proclamation, cela les rendrait moins creuses.

Je me sens d'autant plus isolée qu'à Beyrouth la guerre fait toujours rage. Quand j'arrive enfin à joindre mes parents, j'entends les bombardements au téléphone tandis qu'en France, la vie continue, paisible, porteuse de cette normalité à laquelle aspirent tant les pays en guerre. J'écoute avec lassitude les gens autour de moi commenter la situation au Liban. C'est presque impossible de leur faire comprendre ce qu'endurent les Libanais sur place : l'insécurité, la perte, l'humiliation, le sentiment d'abandon et cette impression de naufrage sans fin. Je suis tristement persuadée d'avoir laissé le bonheur derrière moi, saccagé, comme notre maison de Toula. Convaincue qu'il ne me reste plus à vivre que la désolation, la révolte et ce sentiment d'être aussi étrange qu'étrangère, d'être la seule à qui la paix, la liberté et la vie paraissent continuellement menacées, d'être la seule à entendre encore et toujours le fracas des bombes, malgré la distance, malgré le silence.

Comme l'avait si bien fait Hadi à Beyrouth, les personnes handicapées que je côtoie à l'Arche réussissent à traverser mes défenses. Elles m'apprivoisent par leur présence peu soucieuse des convenances, leur parler-vrai, leur soif de relation et une certaine forme d'innocence. La simplicité du contact avec elles est thérapeutique pour moi : cette humanité que je cherchais et qui m'avait semblé irrémédiablement perdue, je la retrouve dans ces personnes « anormales ». L'humanité nue et vulnérable, l'humanité joyeuse et souffrante, sans fard, sans masque, sans prétention, sans arme.

Je me laisse bercer par la routine communautaire. Les exigences du quotidien me font du bien et me remettent sur les rails d'une vie active normale. Autour de moi, des « assistants[23] » français ou venant des quatre coins du monde piquent ma curiosité et me poussent à m'ouvrir, progressivement. Au Liban, pourtant riche en présences étrangères, je n'ai côtoyé ces dernières années que des Libanais, chrétiens[24] de surcroît. Les Druzes et les musulmans étant de l'autre bord, les Syriens, les Israéliens et les Palestiniens appartenant au rang honni des cousins ennemis. Quant aux forces internationales de la Finul qui se trouvent dans le sud du pays, elles sont essentiellement composées d'hommes en mission. Quel dommage d'être entourée de

23. Nom donné aux jeunes qui viennent travailler à l'Arche auprès des personnes handicapées.

24. À l'exception de mon cadre de travail qui prenait en charge des familles musulmanes aussi.

tant de personnes différentes dont il faut se méfier ! Je profite d'être en terre de paix pour découvrir des cultures qui me sont inconnues et je me surprends à préparer un houmous avec un Israélien de passage tout en parlant politique.

Mais je ne retrouve plus mes points de repère... Où sont-ils donc passés ? Se profilent à leur place mille et une questions saugrenues : comment cuisiner ces courgettes immenses ? Pas moyen de les farcir comme maman le faisait avec les toutes petites courgettes. Pourquoi ce gars me demande-t-il une « clope » ? C'est quoi, une « clope » ? Que faire de ce papier que le médecin me donne ? Ah ! L'envoyer à la « Sécu » ! C'est quoi, la « Sécu » ? C'est où la « Sécu » ? Où acheter des timbres ? Où trouver des « clopes » ? Ah ! On ne dit pas des « clopes » ? C'est de l'argot ? Pourquoi les autres s'expriment-ils en argot alors que moi je dois leur répondre dans un français élégant ? Oui, je parle l'arabe. Non, je ne suis pas musulmane. Si c'est possible. Chaque détail de ma vie, de mon passé, de ma culture, de mon être et de mon quotidien est à expliciter ou à expliquer... c'est épuisant. Et quand je vois venir la gentille question : « D'où vous vient cet adorable accent ? », j'ai envie de prendre mes jambes à mon cou et de m'enfuir dans le désert… Non, au Liban il n'y a pas de désert… Et c'est reparti…

Que dire de soi ? Que taire de soi ? D'ailleurs qui suis-je ? Qu'est devenue la petite fille émerveillée par les mille reflets du soleil sur une goutte de rosée ? Qu'est devenue l'adolescente qui rêvait dans un chêne vieux comme le monde et qui confondait ses racines avec celles de l'arbre ? Qu'est devenue la secouriste qui risquait sa vie pour en sauver d'autres ? Ça ? Cette étrangère balbutiante, inadaptée, qui panique dans la foule, cherche le moindre de ses mots et tient agressivement à distance ceux qu'elle croise ?

Même les Français autour de moi ne ressemblent pas à l'image que je m'en étais fait à travers leur littérature. Où est donc passée la poésie de Musset ou de Lamartine ? Où retrouver les personnages de Pagnol et de Victor Hugo ? Les Français que je rencontre n'ont aucun point commun avec eux, ils ne sont pas romantiques. Ils sont réalistes et déroutants. Je ne comprends pas toujours ce qu'ils disent et ils trouvent mes expressions françaises trop précieuses. J'ai du mal à saisir leur système de valeurs, ils ne savent que faire de mes déclarations passionnées. J'ai souvent l'impression de marcher sur des œufs et d'en casser plusieurs en avançant ! Je deviens plus attentive à mon comportement. J'essaie, comme une sportive, d'augmenter progressivement mon temps de réaction avant de répondre à une phrase, une question, un compliment ou une critique. Cette attitude provoque en moi une certaine tension, m'ôte une bonne dose de spontanéité, mais rend en fin de compte mes rapports plus faciles. Je suis déterminée à m'adapter, mais Dieu que cette adaptation est fatigante et coûteuse !

Je me détends un peu avec les personnes handicapées, plus accommodantes. Elles me surprennent agréablement et je les fais rire en me découvrant des talents insoupçonnés de clown.

L'expérience, quoique rigoureuse, se révèle bénéfique pour moi. Consciente de n'être qu'au début de mon cheminement, je décide d'aller à la conquête de ces nouveaux espaces à explorer. À l'intérieur et à l'extérieur de moi. Je prolonge donc mon séjour et renonce au poste qui m'attend au Liban.

Maintenant que ma décision est prise, je dois sérieusement apprendre à vivre dans deux mondes différents. Celui que je porte à l'intérieur de moi, qui m'habite, et le monde extérieur que j'habite aussi, avec ses exigences en matière de rythme de vie, de relations, de tâches à accomplir, de comptes à rendre et de changements à assumer.

Je garde inconsciemment, dans un pays en paix, une hypervigilance de temps de guerre, doublée d'une farouche claustrophobie. Quand je rentre dans une pièce, j'en repère automatiquement les issues, ainsi que le nombre de murs et de plafonds qui me sépareraient d'un éventuel obus. J'évalue en un clin d'œil les sorties de secours et la sécurité du lieu. Dans le métro à Paris ou dans de grands rassemblements, j'imagine les dégâts que pourrait provoquer un attentat. Je le fais tant et si bien que je me prépare intérieurement à mourir : je regarde les visages autour de moi, je me dis que ce serait dommage que toutes ces personnes perdent la vie. C'est à peine si je ne fonds pas en larmes à la perspective de la catastrophe immédiate qui nous guette et qui, ô miracle, n'a pas lieu !

C'est l'époque que choisit le Hezbollah libanais, friand d'otages occidentaux, pour exporter ses méthodes d'intimidation à Paris. Par retour de bons procédés, il nous devient difficile, à nous les Libanais, d'obtenir un visa pour la France. Quand nous y arrivons enfin, nous sommes accueillis sur le tarmac des aéroports avec des mitraillettes dirigées vers l'escalier de l'avion. Je l'expérimente avec un mélange d'amusement et d'irritation lors d'une de mes entrées en France après des vacances au Liban. Je suis méticuleusement fouillée et je dois déballer le contenu de ma valise plusieurs fois de suite et laisser des mains inconnues manipuler mes affaires. Inutile d'essayer d'expliquer que je ne suis pas du même bord politique que le Hezbollah, que je me sens plus terrorisée que terroriste, que ces recherches, toutes humiliantes qu'elles soient, me rassurent. Mon état d'hypervigilance est si épuisant que cela me soulage que d'autres prennent un peu la relève quitte à être l'objet innocent de leur méfiance. Et pourtant je sais bien que le fait de rester en permanence sur mes gardes ne suffit pas à me protéger, ni à protéger mes proches, d'une catastrophe qui arrive toujours quand on s'y attend le moins. J'aurais tellement aimé croire que l'interdiction de détente que je m'impose peut tenir les déflagrations meurtrières à distance. J'aurais tellement aimé baisser la garde en étant sûre que la violence environnante n'allait pas en profiter pour m'envahir et me détruire !

Tout en essayant de lutter contre cet état d'alerte continu, je négocie avec l'Arche deux mois de vacances pour passer ce Noël 1985 ainsi que le Nouvel An avec ma famille, dans mon pays. Même si la situation militaire est plutôt calme, je déborde d'appréhension comme avant chaque retour au Liban. Je décide, après un tête-à-tête houleux avec mes peurs, de mettre en pratique mon apprentissage de la confiance et de vivre chaque instant de ce séjour comme un cadeau.

Une fois sur place, j'assiste donc avec plaisir au baptême du fils de ma cousine à l'église d'Araya dans les hauteurs qui environnent Beyrouth. La fête qui l'accompagne est joyeuse. Je baigne dans cette atmosphère avec une sorte de volupté et je contemple, songeuse, ma tante Mona, la jeune grand-mère du baptisé, danser de tout son cœur. Elle me lance tandis que je la prends en photo : « *Oui, vas-y ! Montre-leur, quand tu rentreras en France, que nous dansons toujours, que la guerre ne nous empêche pas de le faire !* »

Je la retrouve à Noël au grand rassemblement qui a lieu chez nous. C'est une femme visiblement heureuse dans son couple et dans son rôle de mère de famille. Sa vie est simple et radieuse. Enfant, j'aimais passer du temps chez elle pour bénéficier de sa joie de vivre et de son rayonnement. Sa belle maison, qu'elle entretient avec soin, se trouve sur une ligne de front : elle a été endommagée plusieurs fois par les bombardements. Elle nous raconte, pendant cette nuit de Noël, que Joko, leur perroquet, a enregistré le son du sifflement des obus et le bruit des explosions. Il les reproduit quand l'ambiance est plus calme pour garder son petit monde en état d'alerte. Nous en rions tous ensemble rassemblés autour du sapin. Au cours de cette soirée, je lui promets, pour janvier, une courte visite après mon rendez-vous chez mon coiffeur dont le salon se trouve juste derrière son commerce de tissus d'ameublement. J'ai du plaisir à retrouver mes habitudes d'avant mon départ : me faire couper les cheveux, puis passer voir ma tante pour lui montrer ma nouvelle tête et boire un café avec elle.

Mais au matin de notre rencontre, mon premier geste, presque inconscient, est d'arrêter net la sonnerie de mon réveil et de replonger avec délice dans mon sommeil. Profiter de mes derniers jours de vacances, tout remettre à plus tard… et le coiffeur et la visite promise. Je traîne dans mon lit en dégustant cette agréable sensation d'être entre deux mondes… jusqu'à ce qu'une déflagration, d'une grande violence, me projette, hélas, dans la réalité.

Voiture piégée. Grosse charge d'explosifs : les murs ont vibré plus que d'habitude. Je rejoins mes parents dans le séjour : ils sont déjà plantés devant la télévision qui transmet en direct, cris et hurlements, images de corps en sang. Mon diagnostic se confirme. Je demande à ma mère où cela se passe. « *Devant le commerce de ta tante* », me répond-elle dans un souffle à peine audible.

C'est là que j'aurais dû me trouver si je n'avais pas succombé à mon accès de paresse.

On allume la radio, on coupe le son de la télé. Maman, tétanisée, ne veut pas qu'on l'éteigne, elle est envoûtée par l'horreur. On regarde du coin de l'œil les images muettes sur l'écran : pas besoin des commentaires, elles hurlent en silence. On écoute le présentateur égrener sur les ondes les noms des victimes avec la crainte de l'entendre prononcer celui de ma tante. La liste défile… pas encore de Mona, merci, mon Dieu. Ma mère récite son chapelet, comme on manipule une arme : pour tenir ce nom à distance. Elle se rappelle que je lui ai offert un chapelet béni par le pape au cours d'un pèlerinage à Rome que j'avais effectué avec l'Arche. Elle me somme d'aller le chercher. « *Il sera plus efficace,* soupire-t-elle, *le mien ne semble plus fonctionner !* » Nous rions. Nous avons toujours ri dans les moments difficiles.

Les lignes téléphoniques sont saturées à Beyrouth dans ce genre de situation. Nous n'arrivons donc pas à joindre le reste de la famille pour avoir des nouvelles plus précises. Dès que Mireille rentre du travail, elle se rend, avec papa, au lieu de l'attentat. À travers le périmètre de sécurité, ils voient le magasin de ma tante, tout noirci et encore fumant. Inquiets, ils reviennent nous chercher, maman, Kalim et moi. Nous partons en voiture pour Araya : c'est le seul moyen de savoir ce qu'il en est vraiment. Ma mère a déjà fait des dizaines de fois le tour de son chapelet et s'est gavée jusqu'à l'indigestion d'images insupportables : elle ne tient plus en place.

Le trajet de Beyrouth à Araya s'accomplit en silence. Ne pas réfléchir, se taire pour ne pas compromettre cette impression que tout est encore possible, le meilleur comme le pire. À l'entrée d'Araya, dans un immeuble tout neuf, se trouve un appartement qui sert de repli à la famille de ma tante en cas de gros bombardements. Nous nous y arrêtons. Kalim et moi descendons de la voiture et grimpons les escaliers en éclaireurs. Arrivés au but, nous sonnons, personne ne répond. Nous sonnons à la porte de la voisine qui ouvre aussitôt. Nous devinons à son aspect qu'il faut rayer le meilleur de la liste des possibles : le pire est là, dans ce visage défait et ce regard effrayé. Elle nous dit que le corps de ma tante a directement été transporté chez elle. Notre silence quand nous retournons à la voiture est plus éloquent que les mots.

Papa, les traits décomposés, redémarre le véhicule sans desserrer les dents et continue jusqu'à la belle maison de notre parente où la foule se presse déjà. Je soutiens ma mère défaillante. J'oublie en cet instant-là que c'est la seconde sœur qu'elle perd. Nous arrivons tant bien que mal au cercueil scellé. Cris et lamentations. Je trouve une chaise pour maman, elle s'y effondre, atterrée. Mon oncle rentre dans la pièce, son visage affiche la dignité grave des justes au cœur de l'épreuve. Il dit d'une voix forte : « *Je ne veux pas entendre de cris de révolte… Dieu a donné, Dieu a repris, béni soit le nom de Dieu*[25] *!* » Dans un pays où l'appel à la vengeance démultiplie les morts après chaque catastrophe, il ouvre, par son attitude, une brèche inattendue de lumière et repousse les murs qui nous étouffaient jusqu'à l'espace infini.

Un mois plus tard, de retour en France, à Trosly, j'éprouve avec une acuité et une douleur renouvelée l'écart entre mes deux mondes. Je suis aussi étonnée d'être en vie que de voir celle-ci continuer comme si de rien n'était. J'ai du mal à enchaîner, tout de suite, avec un week-end d'équipe. Je peine à expliquer que ce temps de repos n'en était pas un, que j'ai besoin

---

25. *Job* 1, 21.

de m'en remettre, que les vacances au Liban peuvent offrir le meilleur comme le pire, et que, comme le dit saint Augustin : « *La corruption du meilleur engendre le pire.* » Je sais très bien parler du meilleur, mais le pire reste coincé à travers ma gorge.

Dans son poème intitulé, « *Vous avez votre Liban et j'ai le mien* », Khalil Gibran se place d'office dans la catégorie de ceux qui ne retiennent du Liban que les « *vallées silencieuses et mystérieuses… le son des carillons et les frissons des ruisseaux… la lumière du soleil…* ». Il se désolidarise clairement d'un pays constitué « de nœuds politiques et de fourberie ». Ce n'est pas mon cas : les deux Liban existent en moi. Celui des conflits et celui des rêves. Celui qui me pousse à fuir et à oublier, et celui qui me donne envie de revenir, encore et encore. Celui qui m'explose à la figure et me met à la porte, et celui qui m'accueille à bras ouverts avec des fleurs à l'aéroport. Celui des visages familiers creusés par les épreuves et celui des regards sombres et menaçants qui me font douter de notre appartenance commune. Celui de la cupidité et celui de la générosité. Les deux Liban se retrouvent en moi, comme le péché et la grâce se côtoient en chacun.

Les deux Liban sont en mon père aussi, l'empêchant de partir, le tenant prisonnier d'un espoir impossible, le rendant malade. Le décès de sa mère, Téta Geneviève, qui succède à la mort violente de ma tante, le confirme dans sa conviction que tout fout le camp. Il se fait du mauvais sang. Il refuse d'investir son épargne en dollars, comme tout le monde le fait, la livre libanaise connaissant une perte de valeur vertigineuse. Il ne veut pas contribuer ainsi à une éventuelle débâcle économique qui viendrait se rajouter à la déroute politique. Il est traversé par des raz de marée de colère qui le font tanguer avant de l'abandonner, épuisé, sur des rivages silencieux et inaccessibles. La maladie lui offre miséricordieusement une porte de sortie, la seule qui lui reste, car il rejette obstinément les autres issues : l'exil, la folie, la foi aveugle, la dépression ou les profits scandaleux possibles à la faveur de cette guerre. La leucémie le ronge progressivement.

Je téléphone régulièrement pour avoir de ses nouvelles. Je vais lui rendre visite pendant mes vacances. L'avion devient pour moi un moyen de transport familier. Pourtant, à chaque voyage, j'éprouve toujours le même émerveillement à être suspendue entre deux mondes, entre ciel et terre, à retrouver le soleil qui semble m'attendre derrière les nuages, à prendre de la hauteur par rapport à ma vie et à mes problèmes. Moment de douceur nécessaire avant les atterrissages, pas toujours faciles, dans ma réalité familiale et nationale. L'hôpital militaire, où mon père est soigné, se situe sur une ligne de front. Pour y arriver, nous devons traverser une rue prise en otage par un franc-tireur qui ne nous avertit pas de ses jours de congé. Nous parcourons la largeur de la route au pas de course, en zigzaguant, pour ne pas permettre au tueur de nous fixer dans son objectif et de nous atteindre. Nous nous engouffrons ensuite dans le hall de l'hôpital, soulagés d'avoir pu lui échapper. Ma mère, qui n'a plus l'âge de pratiquer ce genre de sport, a élu domicile dans la même chambre que papa, où elle dort la nuit sur une petite banquette de dépannage.

Ces visites s'avèrent pénibles. Vivant désormais dans un pays en paix, je prends conscience du côté rocambolesque de notre vie en temps de guerre et du fossé immense qui sépare mes deux réalités. J'ai aussi du mal à voir mon père, l'homme fort et rassurant, au fond de son lit. Il ressemble à un lion blessé. Le cancer l'affaiblit, mais n'entame en rien ni sa colère ni sa révolte. Il refuse de prendre ses médicaments, il refuse l'air conditionné : tout cela le rend encore plus malade, affirme-t-il. Il a choisi le refus, plus ou moins consciemment, pour faire face à la détérioration de son pays et de son corps. Un prêtre hollandais, doux à l'extrême, se tient régulièrement devant son lit, guettant le moment favorable pour une éventuelle confession, une improbable conversion. Ma mère observe l'âpre lutte, son chapelet à la main, mais ses espoirs sont continuellement déçus. Il semble de plus en plus évident que mon père attendra la rencontre avec Dieu pour une explication musclée. Comme Jacob, il se battra toute la nuit avant de reconnaître son adversaire, qui, comme nous le souhaitons tous, finira par lui donner sa bénédiction.

Autour de lui, dans d'autres chambres et sur d'autres lits… des hommes magnifiques, en pleine force de l'âge, sans jambes ou sans bras… amputés si jeunes de leurs espérances…

À Trosly, je retrouve, avec un étonnement toujours intact, l'attention aux plus démunis, les réunions pour évaluer les besoins de chacun et la meilleure attitude pour l'aider à avancer… Mon Dieu… Pourrai-je un jour faire cohabiter à l'intérieur de mon mètre soixante-sept et de ma soixantaine de kilos deux mondes si différents ?

À la fin du mois d'août 1987, à mon retour de vacances passées avec l'Arche dans les Alpes, Michel, un des hommes handicapés de mon foyer, m'apprend que j'ai reçu un appel du

Liban. Je m'empresse de téléphoner. Je retrouve Mireille à l'autre bout du fil, lui demande des nouvelles de papa. « *Papa va bien,* me répond-elle, *et demain on l'emmène à Toula.* »

Je déduis que si on le conduit à Toula, c'est qu'il est mort, car, vivant, il y est *persona non grata.* Mireille a toujours privilégié les expressions imagées pour dire les choses. « *On l'emmène à Toula* » son village qui lui était devenu interdit. « *On l'emmène à Toula* » afin qu'il se fonde dans sa terre, comme les racines du chêne coupé… « *On l'emmène à Toula* » pour qu'il ait enfin droit au calme… de l'autre côté de la vie… chez lui… tranquille… aucune guerre au monde ne pourra plus le déranger…

Repose en paix Papa…

Je dois demander un visa de sortie du territoire français nécessaire pour les ressortissants libanais. Cela me prend du temps. J'arrive au Liban engoncée dans le noir, comme il se doit, mais trop tard pour l'enterrement que je dois vivre à travers le récit des membres de la famille. Le cercueil de papa avait été enveloppé du drapeau libanais, ce drapeau qui lui tenait à cœur, et sur un coussin étaient disposées ses médailles. May et Mireille ressemblaient à des stars avec leurs lunettes de soleil et leur beauté à peine entamée. La fanfare de l'armée libanaise avait pris le risque d'accompagner mon père jusqu'au cimetière de son village natal. De voir les forces militaires nationales s'aventurer pour l'un des leurs en territoire conquis avait redonné espoir aux habitants de Toula. Le passage au principal barrage syrien s'effectue dans un silence tendu. Après un interrogatoire pour la forme, les soldats syriens avaient fini par se mettre au garde-à-vous, offrant à papa l'ultime hommage d'une troupe d'occupation. Le *maté* lui fut épargné cette fois-ci. Au reste de la famille aussi.

Mon père est mort à la fin de l'été 1987, un 27 août. C'était l'anniversaire de l'homme à qui j'avais tout juste promis un « oui » pour la vie.

Chapitre 11

EN TENUE D'ÈVE

L'ultime balade des habitants de Toula se déroule sur le charmant petit chemin qui mène au cimetière du village. Enfants, c'était le seul lieu où nous n'osions pas nous aventurer. Nous observions, de loin, les longs cortèges de personnes en noir y entrer avec un cercueil, puis en ressortir sans. Cette traversée, plutôt courte, s'avère donc dangereuse : elle happe et garde celui qu'on emporte en pleurant, puis renvoie les vivants sous le soleil ou sous la pluie, dans les bourrasques violentes et les tempêtes de neige… dans la ronde des saisons qu'aucun départ n'arrête.

C'est mon père qui l'a pris en premier, ce petit chemin des séparations définitives.

Il est parti à temps pour ne pas assister à l'effritement des partis, aux guerres dites « fratricides » et à la lente descente aux enfers pavée de soif de pouvoir. Juste à temps pour ne pas constater que les alliés d'hier deviennent les frères ennemis d'aujourd'hui, dynamitant ainsi les raisons de croire en leur cause. Dans notre petite enclave chrétienne, les batailles partisanes viennent se rajouter à la menace des bombardements syriens. Les chefs de clans haussent le ton pour couvrir le fracas des armes. Ils manient avec brio ce langage facile et bêtifiant qui situe toujours le mal chez les autres et canalise adroitement la colère du peuple en désignant un bouc émissaire.

Il n'est plus là, papa, pour exploser, faire vibrer les murs de son indignation, nous débarrasser de cette pénible impression d'être des spectateurs impuissants. Il n'est plus là pour provoquer le rire de sa femme en se moquant tendrement de ses angoisses ni pour raisonner sa fille Mireille, admiratrice fervente du fantasque général Aoun[26]. Il n'est plus là pour souligner la désertion de ce leader qui, après avoir mis le pays

---

26. Le général Michel Aoun lance en 1989 une guerre de libération contre la présence syrienne au Liban et en 1990 contre les Forces libanaises de Samir Geagea. Après 15 ans d'exil, il revient au pays à la faveur de la « révolution du Cèdre » et du départ de l'armée syrienne et se range derrière les Syriens et leurs alliés du Hezbollah en espérant accéder au poste de président. Il est effectivement élu président de la République le 31 octobre 2016.

sens dessus dessous, se réfugie à l'ambassade de France pour être évacué vers Paris, laissant ses alliés payer pour lui.

La force combative de mon père constituait le socle rassurant de la famille. Après sa mort en août 1987, maman et Mireille se barricadent dans l'appartement, rabattent le grand vantail en fer qu'il avait fait installer comme sécurité supplémentaire, tirent soigneusement les deux loquets intérieurs et gardent à portée de main son pistolet de service. À l'opposé, May et Tanios maintiennent, à Beyrouth-Ouest, un engagement politique sur le fil du rasoir. Chrétiens de gauche vivant en milieu musulman, ils se trouvent en danger des deux côtés de la capitale. Chaque traversée des lignes de démarcation, dans un sens ou dans un autre, pour leur rendre visite ou pour les accueillir, est marquée par l'inquiétude et la tension. Ma troisième sœur, Mimi, s'est exilée aux États-Unis d'où est originaire son mari. Après avoir patiemment appris l'arabe, ce dernier se voit confier des postes diplomatiques dans les pays du Golfe et d'Afrique du Nord. Ils assistent, de très près, au 11 septembre 2001, à l'invasion américaine de l'Irak ainsi qu'au « Printemps arabe » en Tunisie et en Libye d'où ils sont évacués en pleine guerre civile en mars 2011. Mimi semble être mal partie pour trouver cette paix qu'elle cherchait en quittant le Liban.

Kalim et moi restons proches. Nous nous retrouvons au gré de nos pérégrinations en Angleterre, en France ou au Liban. Au cours d'un Nouvel An tranquille dans ma belle-famille, à Londres, nous évoquons avec une sorte d'incrédulité nos souvenirs de 31 décembre à Beyrouth arrosés d'obus et de tirs de kalachnikov plutôt que de champagne. Est-ce nos réminiscences qui nous donnent cette impression de monde morcelé entre ceux qui s'ennuient de trop de paix et ceux qui n'arrivent pas à la tester deux jours de suite ? L'unité de nos existences est-elle possible ou faut-il nous résigner à ce compartimentage des vécus ? Comment se dire, expliquer son expérience, faire le lien entre ces réalités que tout sépare ? Nier cela pour s'adapter est-ce sain, fécond, source d'équilibre ? N'avons-nous pas une leçon de vie à en tirer, à partager ?

L'arrivée de mes enfants me distrait de mes questions, m'ancre dans l'instant présent, et m'oblige à me positionner dans l'ici et maintenant, dans cette terre de France qui les voit naître. Leurs premiers sourires, leurs premiers pas, leurs premiers mots m'émerveillent. Sans le savoir, après les personnes handicapées, ce sont eux qui continuent à démonter les défenses en béton armé que j'ai érigées pour me protéger d'une réalité qui m'était trop violente.

Afin d'être une mère « suffisamment bonne », je cherche la sagesse à tâtons. Elle se dévoile de temps à autre à moi au détour d'un chemin ou d'une expérience, d'une lecture de Jung, d'Etty Hillesum ou de Maître Eckhart, d'une retraite spirituelle autour des exercices de saint Ignace ou d'une séance de Qi Gong. Je découvre ainsi, petit à petit, la possibilité d'un nouvel espace, en moi, qui pallie en quelque sorte mon déracinement initial. Une intériorité toujours accessible, où m'ancrer lorsque je me sens ballotée entre mon pays, celui de mon mari et celui où nous avons choisi de vivre. Ce Dieu qui s'était révélé à moi à travers la beauté de la nature durant mon jeune âge, qui a répondu « présent » à mes cris de désespoir pendant la guerre, me donne rendez-vous pour des moments de prière réguliers qui s'avèrent vite indispensables. La contemplation, sous toutes ses formes, me redevient familière, elle me ramène à mes premiers éblouissements.

J'apprends à me connaître, à m'apprivoiser, à m'ouvrir à la différence que mon conjoint incarne, à entrer en relation sans être armée intérieurement. La joie me surprend parfois, quand je vois le soleil se lever sur une nouvelle journée, ou se coucher au son des histoires que mon mari raconte à nos enfants, chaque soir. L'environnement aussi contribue à l'apaisement : la forêt de Compiègne et le petit village où se trouve implantée la Communauté de l'Arche où nous avons choisi de vivre.

Je ne voyage plus en solitaire, mais à deux puis à trois, quatre ou cinq… J'augmente progressivement mes allers-retours au Liban, d'autant plus qu'entre 1991 et 2005 un semblant de paix s'y installe sous la surveillance implacable des troupes syriennes. Je redécouvre mon pays à travers le regard de mes enfants et de mon mari, partageant leur enthousiasme et réprimant secrètement mes peurs, mes mauvais souvenirs et mes blocages.

En février 2005, au cours d'une semaine de vacances avec ma petite tribu dans les Alpes, j'apprends par hasard, en ouvrant un journal, la mort de Rafic Hariri dans un attentat à la voiture piégée. Il est puni pour avoir eu le culot d'afficher un désir d'indépendance vis-à-vis de la Syrie. Me voilà envahie par la multitude des scénarios possibles pour le pays, tous plus catastrophiques les uns que les autres, assiégée par mes vieux démons et par l'émergence de mon monde morcelé d'exilée : ici et là-bas à assumer en même temps. Ici les vacances idylliques avec ma famille, là-bas un déluge de feu et de sang qui peut se déclencher à tout moment.

Mais – chose étonnante – l'assassinat provoque un mouvement spontané d'unité nationale. À ma grande surprise, les Libanais chrétiens, musulmans et druzes descendent dans la rue pour protester contre la présence syrienne qui se dessine derrière tous les attentats. Jeunes et vieux, toutes classes confondues, prennent le risque de défier à visage découvert Assad et sa politique de terreur, de déchirer en public leur carte d'identité sur laquelle leur appartenance religieuse est inscrite. Ils refusent autant l'occupation syrienne que la ségrégation confessionnelle, cause de tant de conflits. Ils veulent la paix, l'unité et la souveraineté. Ce rassemblement courageux et inattendu réveille ma fierté de Libanaise reléguée aux oubliettes par les déboires de mon pays. Même si le Hezbollah organise des contre-manifestations énormes en soutien à la Syrie, le mouvement de révolte épaulé par l'Occident et par Jacques Chirac, grand ami de Hariri, voit les soldats syriens plier bagage et rentrer chez eux. Peuple en liesse, peuple réuni, peuple expérimentant, enfin, son pouvoir et la force de la lutte non violente.

Les essais révolutionnaires sont souvent récupérés par la suite, surtout dans les pays arabes. Cela n'enlève en rien leur côté prodigieux, inenvisageable dans la logique qui les a précédés. Un miracle, même récupéré, reste un miracle. C'est dans son sillage que résonne l'appel de continuer à espérer et à avancer et non dans le désenchantement que provoque sa récupération. Le miracle n'existe pas pour s'installer dans la durée, mais pour laisser entrevoir, le temps d'un éclair, l'infinité insoupçonnée de possibles que nous oublions, pauvres de nous, enfermés comme nous le sommes dans nos peurs et nos certitudes.

Papa, qui a assisté à la mise en œuvre de l'indépendance du Liban, en 1943, n'est plus là pour voir le peuple réuni, une fois de plus, par son désir de liberté. Car c'est lui, le capitaine du bateau des partances, qui a emprunté en premier le petit chemin des séparations définitives. Mireille l'a suivi quelques années plus tard, maman le jour de l'enterrement de Mireille. Même May, ma sœur résistante et combative, finit par rendre les armes. Ses funérailles sont célébrées le jour de la Saint-Valentin. Elles se révèlent être, à l'image de sa vie et de ses engagements. Chrétiens et musulmans, gens de droite et de gauche, riches et pauvres, élèves, parents d'élèves et professeurs, Français et Libanais, maronites, protestants, chiites, sunnites et druzes, personnalités politiques ou simples citoyens… elle les rassemble tous, pour redessiner, une fois de plus, ce Liban multiple et convivial qu'elle avait incarné dans son quotidien. Son cercueil est enveloppé d'un tissu sur lequel ses enfants ont fait imprimer *Le Baiser* de Klimt, dernier cadeau de la Saint-Valentin pour cette grande amoureuse. La cérémonie commence avec la chanson de Jacques Brel : *Quand on n'a que l'amour*, et se termine, la nuit, sur le petit chemin des séparations définitives parsemé de lumignons.

Au début de la messe de l'enterrement de May, quand l'émotion de l'assistance, attisée par la voix de Brel, atteint son comble, une coupure d'électricité suspend les notes en l'air et nous laisse troublés, dépouillés de support, ramenés de force à la réalité d'un pays où rien, à part l'inattendu, n'est prévisible. Kalim me chuchote à l'oreille : *« Même quand on n'a que l'amour, on est toujours au Liban ! »*

*

Pièce par pièce j'ai défait ma valise. C'est en finissant cette action que je réalise que j'ai gardé sur mon dos, comme une indispensable sécurité, ma cuirasse lézardée et ma peau d'âne. C'est avec délicatesse que je dois m'en détacher, car elles me collent à la peau, elles protègent la petite fille terrifiée en moi qui s'y accroche, qui s'y cache. C'est elle, cette princesse sans défense, qui constitue ma part manquante, c'est à elle que je dois créer une place. Je voudrais l'apprivoiser, la rassurer, la prendre par la main, la ramener au grand jour. Je voudrais, dans mon dialogue avec elle, m'affirmer enfin adulte, capable de prendre soin d'elle, capable de réparer le long déni que j'ai eu de son existence, pour qu'arrive le jour où elle n'aura plus besoin ni de cuirasse ni de peau d'âne.

J'irai ainsi, la réconfortant jusqu'au bout de mon dernier voyage, celui que je ferai sans valise pour un aller sans retour.

Si cette Présence, qui m'a surprise dans la beauté des vergers de Hammana et m'a frôlée avec tendresse pendant les errements de la guerre, m'y attend autant que moi je l'attends, je me tiendrai nue face à elle, je lui remettrai mon âme en lui déclarant que c'est tout ce que j'ai réussi à sauver.

Je lui dirai aussi merci : j'ai adoré la vie.

Je lui dirai pardon : j'ai manqué de confiance.

Je lui dirai s'il te plaît, protège et soutiens les bâtisseurs de ponts, les chercheurs de solutions, les tisseurs de dialogue, les artisans de paix, les faiseurs de miracles.

Épilogue

LE SOUFFLE DU 4 AOÛT 2020

Attablés face à la mer, nous contemplons le soleil entamer sa descente sur la Manche. Un serveur viendra bientôt prendre notre commande ; en attendant, j'essaie vainement de me souvenir du nom de ces petits poissons frits que j'avais tant appréciés lors d'un repas à Tyr, ville de laquelle a été enlevée la princesse Europe, emportée par un redoutable taureau blanc[27].

La marée se retire, la plage d'Étretat se vide peu à peu au soir de cette journée sans nuages. La détente me gagne. Seule ombre au tableau, les masques autour de moi et sur mon propre visage qui me rappellent que le monde est assiégé par une armée virale baptisée Covid-19.

---

27. Selon la mythologue grecque, Europe, fille d'Agénor, roi de Tyr, fut enlevée par Zeus, métamorphosé en taureau blanc, et transportée en Crète.

Nous admirons, en face de nous, l'aiguille creuse et son arche sculptées par les vagues, le vent et l'érosion, comme le rocher de Raouché au Liban.

Une alerte info détourne l'attention de mon mari. Il regarde son téléphone et grimace : explosion géante à Beyrouth. Il me montre, sur son écran, la vidéo du Guardian. De la fumée qui se dégage du port, puis une colossale déflagration suivie d'une onde de choc d'une force sismique. Le souffle de la détonation, sensible à Chypre et en Jordanie, me projette mentalement dans les rues de Beyrouth où des gens en sang errent sans savoir ce qui leur est arrivé. Le sol s'est dérobé sous leurs pieds, les murs ont chancelé, les vitres ont volé en éclats, des immeubles se sont écroulés ; ils ont cru à un tremblement de terre. L'impact est si fort, si soudain, si destructeur qu'il semble avoir dissocié les fibres de leur entendement. Et du mien.

Que s'est-il passé ?

Pourquoi Beyrouth, ma robe en patchwork, unique en son genre, est-elle déchiquetée… touchée en plein cœur, en plein port ? Ce port d'où jaillissaient les longues sirènes des bateaux les nuits du Nouvel An, pour souhaiter aux Beyrouthins en fête une bonne nouvelle année. Elles m'ont surprise à minuit tous les 31 décembre des années soixante, les belles années, les années folles. Ce port visible du balcon de ma chambre de jeune fille et de celui des copines de ma mère ; petite, je contemplais son animation en attendant que maman finisse sa visite, son café turc et sa cigarette chez sa meilleure amie. Ce port est le poumon économique du pays, le symbole de notre ouverture ancestrale au monde, de notre désir de l'explorer, de l'accueillir, de le connaître. Il a été souvent visé et atteint pendant la guerre, mais jamais complètement détruit. J'ai éteint mes 18 bougies tandis que des flammes s'en dégageaient. Ce port résistant, ce port nourricier, avec son immense et rassurant silo de blé, abritait, à l'insu des habitants, 2 750 tonnes de nitrate d'ammonium. Il aurait pu exploser lors de la présence de ma fille au Liban – elle a travaillé juste à côté –, ou de mon jeune fils qui s'y est baladé nez au vent. Mais le hasard a fait que ce soit d'autres personnes qui ont eu la vie fauchée, la maison rasée, l'élan coupé, d'autres parents qui doivent faire cet impossible deuil.

Les dégâts physiques, matériels et psychologiques sont colossaux. L'accumulation des problèmes non traités – eau, électricité, ordures, crise financière – est arrivée à son paroxysme avec cette explosion, étalant au grand jour l'arrogante négligence des sangsues qui depuis des lustres, s'accrochent au pouvoir.

Le raz de marée de colère qui va succéder à cette secousse sismique sera difficile à contenir.

Aurions-nous le génie de le rendre créateur en le canalisant ? Ou, laisserons-nous Beyrouth dans les mains de l'actuel marionnettiste ? Il se terre, il vocifère, il pointe du doigt, il menace, il assassine, il nie, il brouille les pistes. Il manipule un président fantoche et une milice armée prête à le suivre jusqu'en enfer pour lui fournir le sang sacré des martyrs dont il est si friand.

Beyrouth est en larmes, Beyrouth est exsangue.

La prendre dans mes bras, la bercer, panser ses plaies…

Beyrouth, ma ville, ma capitale.

La plainte d'un lointain prophète, provoqué par l'iniquité qu'il constatait autour de lui, traverse le temps, les civilisations et la lutte ardue des peuples assoiffés de justice, pour arriver jusqu'à moi :

« *Tes yeux sont trop purs pour voir le mal,*
tu ne peux supporter la vue de l'oppression.
Alors, pourquoi regardes-tu ces perfides,

pourquoi restes-tu silencieux
quand le méchant engloutit l'homme juste[28] *?* »

« *Que désirez-vous commander, Madame ?*

Je regarde la mer d'Étretat qui scintille sous le soleil couchant, puis la charmante serveuse masquée qui se penche vers moi. J'aimerais lui répondre : « La paix pour mon peuple et un gouvernement responsable pour mon pays. »

– *Auriez-vous de l'éperlan frit ?* »

---

28. *Habaquc*, Chapitre 1, 13.

Remerciements

• Merci à Dominique Le Cardinal et à Ronan, mon mari : ils ont été les premiers à lire l'ébauche de mon livre. Leur enthousiasme et leurs encouragements m'ont donné l'envie de continuer.

• Merci aux différentes personnes qui ont parcouru, critiqué et corrigé mon manuscrit, spécialement Odile Chaudouet : elle a rectifié mon texte final avec soin, gracieusement et en un temps record.

• Merci à celles et ceux qui m'ont suggéré des changements bienvenus : Anne-Sophie Constant, Madeleine Hazo, Philip Kearney et Christopher Asprey.

• Merci à ceux qui m'ont aidé dans la mise en œuvre pratique de mon projet : mon frère Kalim, Françoise et Pierre Angotti et Jean Attias, mon éditeur.

• Merci à mon amie Béatrice Okecki qui a suivi ce projet avec passion et qui y a cru plus que moi-même.

• Et enfin, merci à Ronan, mon mari, et à nos enfants Lucie, Thomas et Alban. Ils ont accepté – et supporté – que je prenne le risque de l'écriture, avec tout ce que cela comporte d'incertitude et d'insécurité

Table des matières

Cet ouvrage a été achevé d'imprimer en Europe
en 2020 pour le compte de
Auteurs Du Monde

Composition – Mise en pages – Couverture
ADM
E-mail : auteursdumonde@free.fr

Dépôt légal : Septembre 2020